AF177632

TASHIRO, WARUM BIST DU SO?

1

... und während ich daraufhin so positiv gestimmt war wie nie in diesem Jahrhundert ...

HOROSKOP FÜR DEN 18. MAI

PLATZ 1

DU BIST GEMEINT!!

SCHÜTZE

DIE GRÖSSTE BEGEGNUNG DES JAHRHUNDERTS STEHT BEVOR!

Meinem Sternzeichen Schütze stehe heute die größte Begegnung des Jahrhunderts bevor, tönte es aus dem Frühstücksfernsehen ...

KATSCHINK

ZUCK

Uh!

Dein Portemonnaie!

... machte ich Begegnung mit einem Räuber.

(auf dem Campus)

2

War das nicht Tashiro-kun aus unserem Manga-Klub, dem du da über den Weg gelaufen bist, Ebihara?

Deine Zeichnung erinnert mich an einen Neuzugang aus dem ersten Jahr ...

Hmmm. Aber eigentlich ist er niemand, der Leute ausnimmt.

vergrö-ßertes Porträt

T... tashiro ...?

Aus dem ersten Jahr?!

Das ist aber wirklich passiert! Ich bin um mein Leben gerannt und konnte mein Portemonnaie verteidigen ...

Huch?!

KRAM

...??! Dabei bin ich ihm doch ent-wischt ...

Es ist weg ...

Was hast du?

Dann spar dir gefälligst diesen Einschüchterungsversuch und halt die Klappe, wenn du mich schon beklaust! Oder beklau mich besser gar nicht, du Idiot!

BÖRSE

Danke sehr!

Hatte er mich etwa schon beklaut, ohne dass ich's bemerkt hab ...?!

Ernsthaft ...!?

Was heißt hier „aufpassen"?! Ich bin doch längst ausgenommen worden!

Es hingen auch überall Warnhinweise.

Aber pass lieber auf. In letzter Zeit soll's wohl öfter zu Überfällen in Uni-Nähe kommen.

Schon gut!! Ich verzichte!!!

Hä??!!

?!

Dann komm doch später bei uns vorbei. Tashiro-kun ist bestimmt da.

Im Manga-Klub!

RATTER

Hey! Ist Tashiro-kun hier?

Schon gut, hab ich doch gesagt!!!

ALLES SEIN IST LEERE

Hallo Leader!

MYOGURO FSK 18

RATTATTATTATTA

PLING

100% ÜBEREINSTIMMUNG
(nach Ebihara)

Da ist er!!!

FROSCHLIEBHABERKLUB

WUPP

Ergreift instinktiv die Flucht.

WETZ

PICNIC

Er jagt mir hinterher ...!!

SAUS

Meerbrasse**

Ich geh auch nicht zur Polizei!! Also such dir bitte ein anderes Opfer!!!

Garnele*

Aber die Kundenkarten hätte ich gerne wieder!

Es sind eh nur dreitausend Yen drin ...

M... mein Portemonnaie kannst du behalten!!

** Das „Ta" in „Tashiro" wird mit dem Schriftzeichen für „Meerbrasse" geschrieben.   * Das „Ebi" in „Ebihara" bedeutet „Garnele"

... dein Portemonnaie verloren!!

Du hast ...

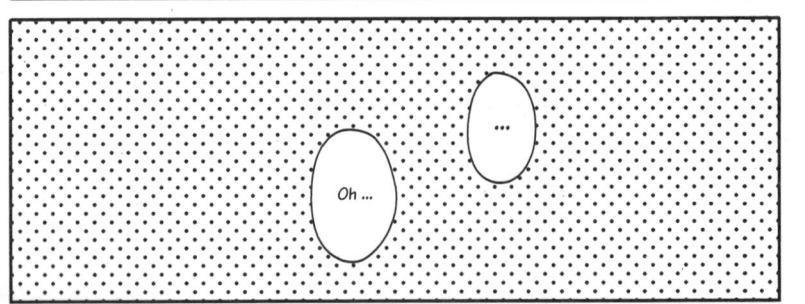

...

Oh ...

6

MANGA-FORSCHUNGSKLUP(B)

(... lag auf dem Boden.)

Dein Porte-monnaie

Wahr-heit

Porte-monnaie →

Uuuuh!

Dein Port-mo...

↓ FLÜCHT

Oh nein!

...

... ich muss mich entschul-digen ...

Ich glaube ...

Wie schön, dass das Missver-ständnis geklärt wurde.

Ohne Probleme.

... bekommt doch jeder Angst!!

Hättest du mich ganz normal angespro-chen, hätte ich doch ...

A... aber...

... wenn dir jemand mit Volldampf und so einem Ausdruck hinterherläuft ...

Huch ...

Er ist so ...

... nah.

... nicht so ...

7

Mit dieser Ausrede willst du alles unter den Teppich kehren?! Ich fühlte mich voll bedroht!!

Reden ist nicht so sein Ding.

Ah!

...

Hörst du mir überhaupt zu ...?

Ah ...

...!

Na ja, ist schon okay ...

N...

...

Magst du mitkommen, Ebihara?

Wir laden dich ein!

Was ...?! Jetzt mitten im Semester noch eine Willkommensfeier?

Als Willkommensparty für Tashiro-kun wollten wir heute mit dem Manga-Klub zum Karaoke gehen.

Ich hab's!

LINS

Ach so ...

Wegen Jobs und anderer Termine haben wir die Feier immer wieder verschoben.

Blickrichtung

SCHRECK

KEINE ABZOCKE!

KARAOKE

Meinetwegen. Ich hab eh nichts anderes vor ...

Warum ist er die ganze Zeit so rot ...?

... „Verlieb dich ★ Love Pudding"! ★

Wir singen jetzt im Duett ...

10

Ich hab dich erschreckt ...

Hab ich dir so sehr Angst gemacht ...?

Die Sache von heute tut mir ... leid.

D...

Auch mir tut's leid, dass ich dich als Taschendieb abgestempelt hab.

Schon gut ...

Schwamm drüber.

Danke, dass du mein Portemonnaie aufgehoben hast.

Hm?

...

Nichts zu danken ...

*Zusammengesetzt aus „ojisan" für „Mann mittleren Alters" und „Gundam", der bekannten Mecha-Serie „Mobile Suit Gundam".

**Begriff für besonders niedliche und unschuldige Charaktere in Manga und Anime.

... dass wir voll auf derselben Wellenlänge sind?!

Hm ...?

Wie?

Uh ...!

Alles gut?

Wie unbekümmert er ist ...!

Ihr wart auch fast die Einzigen, die gesungen haben.

Puh! Ich bin ganz heiser vom vielen Singen.

Dann erkläre ich die Runde für beendet.

Genau, yeah!

Auf eine gute gemeinsame Zeit, Tashiro-kun.

V... Vielen Dank für heute, Jungs.

I... ich lass mir schon nichts klauen!!

Nimm dich vor den echten Räubern in Acht, Ebihara!

Ich hab glatt vergessen, ihm sein Portemonnaie zurückzugeben ...!

!

PATT

Ah! Ich hab mein Portemonnaie gar nicht bekommen ...

Oh!

Wie viel Kohle hast du dabei, Mann?

Was soll sagen, wenn ich es ihm wiedergebe ...?

TRAPP
TRAPP

Jetzt könnte ich ihn noch einholen, oder?

Auch eben hab ich ziemlich viel geredet ... so dass es klappen müsste ... mit dem freundschaftlich ...

Haah ...

Haah ...

...

Ich muss f... freundschaftlich(?) reden, um ihm keine Angst zu machen.

Hoffentlich verspannen sich meine Gesichtsmuskeln nicht schon wieder ...

In deinem Alter ohne Börse rumzulaufen, ist doch seltsam.

Ach komm, jetzt hab dich nicht so! Uns fehlen fünfzigtausend Yen* fürs Bahnticket.

Ach Bullshit!

?!

Warte ... Mein Portemonnaie hab ich nicht dabei ...

*Ca. 300€

Haah ...

Normal ...?

Haah ...

Also ganz normal sein ...

Aber war unser Gespräch von vorhin „freundschaftlich" ...? Jemanden plötzlich freundschaftlich zu behandeln, ist doch viel zu aufdringlich unter Menschen, die noch keine Freunde sind, oder?

KÄMPF KÄMPF KÄMPF KÄMPF KÄMPF KÄMPF KÄMPF

Hah ...

Hah ...

Wie eben...? Wie hab ich denn eben ... geredet ...?

Mein normaler Zustand jagt doch anderen Menschen Angst ein ... Also benehme ich mich wie eben.

Okay, es müssen auch keine Fünfzigtausend sein. Zehntausend tun's auch, Mann!

Echt jetzt ?!

Moment ...!

Ich bitte dich, Mann! Ich will nach Hause! Sonst mach ich dich womöglich noch kalt.

17

Du willst
doch nicht,
dass ich
dir wehtue,
o...?

Haah ...

Haah ...

Hahh ...

Haah ...

Haah ...

Ein
Geist!!

TApp
TApp
TApp
TApp

Aaargh!

...?

Was
...?!

Se...

SENPAI ...

Ein Geist!!

Das kommt vom vielen Nachdenken ...

T... tut mir leid.

Oh!

Du! Ich sagte doch, dass dein Gesicht furchteinflößend ist!!

Oh ...

Es ist raus ...

Ich hab völlig vergessen, es dir zurückzugeben ...

D...

Dein Portemonnaie.

20

...?? T... tut mir leid. Ich hab nicht viel gesehen ...

Haben sie etwa so ausgesehen?!

Tut mir leid, wenn ich euch gestört hab.

W...

Waren das eben Freunde ...?

Verstehe ... Danke.

W...

...

Könnte es sein, dass er mich gerettet hat ...?

... mir extra das Portemonnaie gebracht hast.

Auch, dass du ...

Oh ...

Ähm ...

...

Ach was ...

Oh ...

Tashiro-kun ...

VERBEUG

A...

Also dann.

... unbeholfen zu sein.

... scheint ganz schön ...

AM NÄCHS-TEN TAG ...

Schlimm. War alles Mist.

Wie war das Gokon* gestern?

Und dann ...

Oh.

Hör auf, in der Ecke zu hocken und am Handy herum-zuspielen ...

Wow ... Diese „Ich hab keine Freunde"-Aura ist Wahnsinn.

*Kennenlernparty mit der gleichen Anzahl von Frauen und Männern

23

Wah!

ZUCK

Was machst du da?

TUT MIR LEID. DU HAST MICH PLÖTZLICH ANGESPRO- CHEN. UND ICH HAB MICH ERSCHRECKT...

Schon wieder dieses Gesicht! Das solltest du dir doch abgewöhnen!

Ach ja ...?

Oh!

I...

Ich spiele nur ... ein Handy- Spiel ...

Wirklich ?!

WONDERFUL!

TACK

TACK

Das ist Bannai.

Das kenne ich. Bannai spielt es auch! Ein Rhythmusspiel mit tanzenden Idols, nicht wahr?

Was auch immer das heißt.

Neulich erwähnte er irgendwelche „limitierten" Idols.

S... Sag mal, Senpai ...

In was für einem Verhältnis stehst du eigentlich zu unserem Leader ...?

Sein Titel im Manga-Klub

Aber für Ojindam hat er kein Verständnis ...!

Aber trotzdem hängen wir zusammen ab, weil es einfach Spaß macht.

Bannai ist doch ein Riesen-Otaku, während ich selbst nicht so den Zugang hab.

Na ja, wir sind seit dem Kindergarten befreundet.

Da ich ganz normal „The DrXX Master" spiele ... könnte ich's auch hiermit mal versuchen.

Aber dieses Rhythmusspiel stelle ich mir lustig vor.

...

Ach so ...

25

I...

Ist sie deine Favoritin?

Ach so. Deswegen hast du ihr die Center-Position gegeben.

Wie? Zeig mal.

SWUPP

Ich ...

... mag das Mädchen in der Mitte.

Doch nur ihr Pony!

Und ...

... dass sie dir unglaublich ähnlich sieht, Senpai?

Findest du nicht auch ...

... mag ich sie. Oder vielmehr ...

... deswegen ...

... weshalb ich dieses Spiel spiele.

... ist das der einzige Grund ...

!

Hä ...

Warum bist du schon wieder so rot im Gesicht?!

Hey, Tashiro-kun ...

WUPP

Ähm ...

Oder warte. Lass es lieber ...!

Antworte gefälligst!

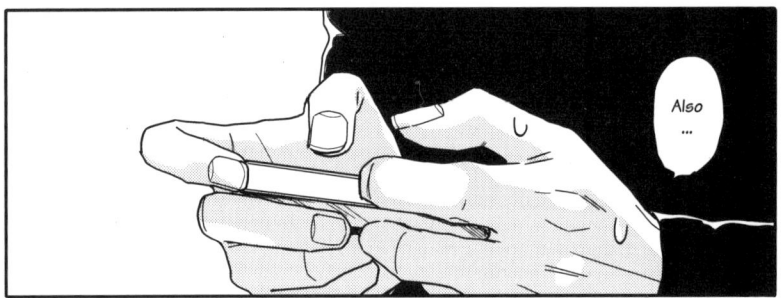

Also ...

Er hat geantwortet ...!!

Ich bin schon die ganze Zeit ...

... in dich verliebt, Senpai ...

Und was willst du unterrichten?

Echt? Vielleicht mach ich den Job.

Da wird ein Nachhilfelehrer für 15.000 Yen* am Tag gesucht.

*Ca. 85€

Ha ha, das ABC der Liebe ...!

Oder so ...?

Puh, witzig ist anders.

Ha ha ...

...

Leb wohl ...

Leb
wooooooohl!

(gerichtet an
alles Mögliche)

GRABB

... w...

Ist es
okay ...

... wenn
ich mal wieder
mit dir rede?

Was
?!

Dieser
verdammte
Astrologe!

...

M...

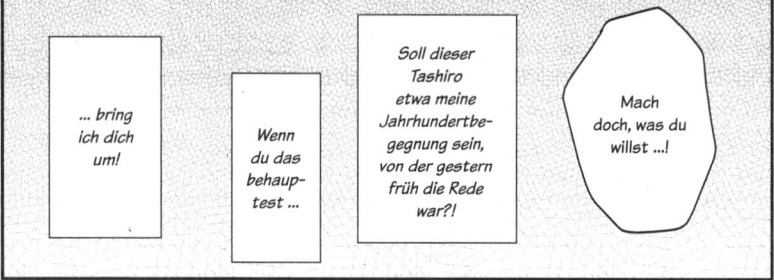

... bring
ich dich
um!

Wenn
du das
behaup-
test ...

Soll dieser
Tashiro
etwa meine
Jahrhundertbe-
gegnung sein,
von der gestern
früh die Rede
war?!

Mach
doch, was du
willst ...!

Kapitel 1 / END

TASHIRO, WARUM BIST DU SO?

TASHIRO,
WARUM
BIST DU
SO?

Ja,
bin ich.
Ach ja!

Hey, Bannai!
Bist du heute
wieder im
Manga-Klub?

Also
dann!

Wow!

Dann
könntest du
doch mitkommen
und uns mit dem
Manuskript helfen.
Wir wollen den
Manga nächsten
Monat bei einer
Dojinshi*-Messe
verkaufen ...

Nein,
eigentlich
nicht.

Hast du
gleich noch
was vor,
Ebihara?

*Fanmanga zu bekannten Manga, Animes und Games

Natürlich. Er
ist doch im
Manga-Klub.

Könnte es
sein, dass
Tashiro-
kun auch
da ist ...?

Aber hör
mal! Du bist
doch sowieso in
keinem anderen
Klub, also ...

?

Dieses
Stadium
hat er längst
übersprun-
gen ...

Nein
...

Jetzt, wo das
Missverständnis
aufgeklärt wurde,
könntet ihr euch
doch anfreunden.

... Sen-pai?

Warum trittst du nicht auch dem Manga-Klub bei ...

Könntest du hier das Radieren übernehmen, Ebihara?

Gerade eben hab auch ich ihm diese Frage gestellt.

Ich denk nicht dran!

Ein Dojinshi für Männer braucht Sex! Niemand wird ihn kaufen, solange nichts Krasses passiert.

Aber was ist das überhaupt? Zeichnest du etwa Erotik-Mangas?

...? Ach so.

Aber ...!

Ach, komm, warum denn nicht...!

Das ist doch mein erstes Mal...!!

Ach, warum denn nicht...!

Ich mache nichts weiter, als die Raster-folie sorgfältig auf die Nippel zu kleben, die der Leader ge-zeichnet hat.

Nein ...

Du zeichnest auch daran, Tashiro?

KRITZ KRITZ

Aha
...

...?

Er wollte
unbedingt
bei uns mit-
machen ...

Wie ...? Warum
ist er dann im
Manga-Klub ...?

Tashiro-kun
mag nur Rhyth-
musspiele und
kennt sich wohl
mit Manga nicht
so aus.

... bedroht,
doch kurz
danach
gestand er
mir seine
Gefühle.

KRITZ
KRITZ
KRITZ
KRITZ
KRITZ

→ Das
Geräusch beim
Abschaben der
Rasterfolie für
die Nippel.

Neulich
fühlte ich mich
von Tashiro-kun,
einem jüngeren
Kommilitonen
mit grimmigem
Gesichtsaus-
druck ...

Falls ja,
hätte ich
auch ein
Problem
damit.

Hm?

Das
bedeutet
nicht, dass
anschließend
irgendetwas
passiert
wäre ...

...

„..., dass sie dir unglaublich ähnlich sieht, Senpai?"

„Findest du nicht auch ...?"

Was?!
Alle Achtung,
dass du sie
erkannt hast.
Genau. Das ist
Kasumi-chan!

Ist das
die Frau aus
dem Game mit
den tanzenden
Idols ...?

...

STARR

SST

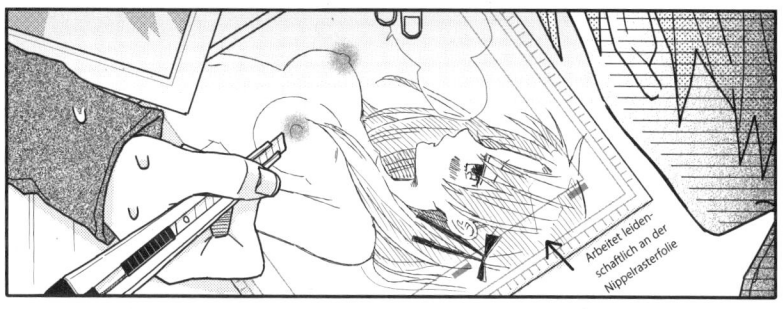

Arbeitet leiden-
schaftlich an der
Nippelrasterfolie

D...d... du
verstehst
das falsch!!

Was
hast du
dir dabei
gedacht
?!

?

Dass du
ausgerechnet
diese Arbeit
machst, gefällt
mir überhaupt
nicht, weißt
du?!?!

??

WUPP
WUPP
WUPP

WUPP
WUPP

A
a
a
h
!!!!

Und
ich habe nie
gesagt, dass
ich dieses
Mädchen mag
oder so. Sie
erinnert mich
einfach nur
an di...

Rein zufällig
ist sie auch die
Favoritin unseres
Leaders, und ich
hab mir wirklich
nichts Schlimmes
dabei gedacht!!

Das
überleg ich
mir auf dem
Heimweg!!

Waaas?!
Du wolltest
uns doch helfen!
Was musst du
denn erledigen?!

Ich muss
los!! Mir ist
eingefallen,
dass ich
doch noch
was erledigen
muss.

Aww.

Aw.
Aw.

RATTER

TÜR

Komm mir bloß nicht nach!!

S...

Senpai!

Und wir können über Ojindam reden ...

Hast du vielleicht Lust, mit mir ins Gamecenter oder so zu gehen?!

Auch ich spiele es ziemlich oft ...

Neulich hast du doch gesagt ...

... dass du gerne „The DrXX Master" spielst!

Schon wieder dieses Gesicht!! Das ist echt furchteinflößend!

W... weil ich doch ...

SCHOCK

Kein Mensch, der normal tickt, würde mit so jemandem etwas unternehmen!!

Sein Geständnis:

Ich bin in dich verliebt, Senpai.

Obwohl ich dir für meine Rettung dankbar bin!!

Ich denk nicht dran!! Außerdem kennen wir uns kaum! Und du hast mir mit deinem Geständnis 'ne Heidenangst eingejagt!!

Und mein plötzliches Geständnis ...

... tut mir leid ...

Ich möchte ich mich mit dir anfreunden ...

... Senpai.

Bitte
hass
mich
nicht
...

...

Geknickt

Hä ...?
Warum zum
Teufel hab
ich jetzt ein
schlechtes
Gewissen ...?

EINDRUCK

Wenn
du mich
hasst, bin
ich erle-
digt ...

FLENN FLENN
FLENN
FLENN
FLENN FLENN FLENN
FLENN

Uuh ...

...

Wann hast du denn Zeit?

Dann Morgen nach der Uni.

Heute muss ich noch Nippel bekleben ...

Jetzt gleich wäre ebenfalls okay für mich!! Oh!

W... wann immer du willst!! Morgen zum Beispiel ...

Was ...?!

Hey! Du bist ja doch in der Lage, richtig zu lächeln!

Zeig mir noch mal dein Lächeln von eben!

LÄCHEL

Gern!!

Argh, vergiss es. Hör auf.

TAGS DAR- AUF ...

Warte ...

KRAM

Hä ...? Benutzt du nicht die hier?

PLAY ZOOM

Oh wow ... Keine halben Sachen.

Die Sticks von hier sind mir zu unhand- lich ...

seine

eigenen

Sticks

Wenn du zehn Mal auf die linke Seite schlägst, erscheint ein versteckter Schwierigkeits- grad.

Und was machst du jetzt ...?

...?

Was?! Kein Witz?!

TACK TACK TACK TACK

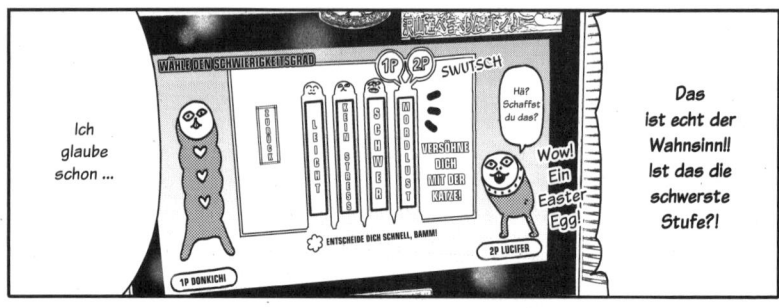

Ich glaube schon ...

WÄHLE DEN SCHWIERIGKEITSGRAD

SWUTSCH

Hä? Schaffst du das?

Wow! Ein Easter Egg!

BOSS?

LEICHT

MEIN STRESS

SCHWER

MORDLUST

VERSÖHNE DICH MIT DER KATZE!

✿ ENTSCHEIDE DICH SCHNELL, BAMM!

1P DONKICHI

2P LUCIFER

Das ist echt der Wahnsinn! Ist das die schwerste Stufe?!

Senpai freut sich ...

SCHMELZ

Krass! Wahnsinn!

Diesen Schwierigkeitsgrad spielen normale Menschen aber nicht.

Ich dachte, du kannst es ganz normal spielen ...

Vergiss es ... Das schaff ich nie.

Was?! Wollten wir nicht zusammenspielen?

Kriegst du das hin? Zeig mal, was du draufhast.

Mua ha ha ha ha ha!

BABABABABABAMM

KNIPS

800 COMBO

Schießt ein Foto. →

KLAKLAKLACK

BABABABAMM

BABABABAMM

ZISCH ZISCH ZISCH ZISCH ZISCH ZISCH

Hat keine Ahnung, was das für ein Game ist, aber lacht vor lauter Bewunderung.

Hi hi hiii!

??

...?

Versteht nicht, wieso er ausgelacht wird.

DOMM DOMM DOMM

DOMM

Mua ha ha!

KNIPS

Auch bei DDR macht er ernst!

Multi-Rhythmus-Spieler

Aber du hast ja nur zugeschaut und selbst gar nichts gemacht?

Lass uns kurz Pause machen ...

Hh ... Hh ...

Was spielen wir als nächstes?

Es macht Spaß, dir zuzuschauen!

Ach so. Kein Bedarf!

Was meinst du damit ...?

Hm?!

Was ich meine ...? Genau das, was es be- deutet ...

A...

Ach ... so.

WABER

Ich denk nicht dran, du Blödmann!

K... kannst du das noch mal wiederholen? Ich würde es gerne aufnehmen ...

Ein Video geht auch ...

WUPP
WUPP
WUPP

Lass gefälligst diese Blumen-Effekte!

Oh ...

Hä? Was für 'ne Blue-ray?

Tut mir leid, aber können wir kurz im Elektronikladen vorbeischau-en? Ich muss 'ne bestellte Blue-ray abholen.

Die limitierte Erstausgabe des vierten Teils von Ojindam ...

Nein! Dafür hab ich kein Geld!!

Wie ...?! K... kaufst du sie etwa nicht, Senpai ...?

Bist du reich, oder was?

Du kaufst dir Blue-rays von Ojindam?!

So eine Blue-ray enthält doch auch Material, das nicht im Fernsehen gezeigt wurde, oder? Vielleicht geh ich jobben und kauf sie mir doch.

...

Waaas?! Echt jetzt? Der interessiert mich brennend!!!

Die limitierte Erstausgabe enthält auch einen Anime nach einer ganz neuen Geschichte.

D...

H...!

H...

...

H...

Er ist einfach nur nervös.

Argh ...

...!

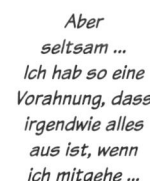

Aber seltsam ... Ich hab so eine Vorahnung, dass irgendwie alles aus ist, wenn ich mitgehe ...

Ja, ich will ... Das möchte ich wahnsinnig gern ...

Oh Mann ... Ich bin so neugierig auf das unveröffentlichte Material und den neuen Anime ... Vielleicht spielt er in einer Zeit, als die Ojindams noch keine Ojindams waren oder so ... Oder vielleicht ist es auch eine Nebenhandlung über 'nen anderen alten Typen im Mobile Suit ... Infos über die Vergangenheit der Charas, die nicht in der Hauptserie erzählt werden, wäre echt nice ... O jeee ... O jeee ... O jeee ...

Selbst Tashiro-kun wird schon nicht über mich herfallen nur weil wir plötzlich allein bei ihm zu Hause sind ... oder ...?

Moment, Moment! Warum zum Teufel zögere ich ...?

Kämpft total mit sich.

Ich komme.

I...

...

I...

SPLASH

Die Meerbrasse hat sich eine Garnele geangelt.

Kapitel 2 / END

TASHIRO, WARUM BIST DU SO?

Fanwünsche zur Feier von Band 1

„Tashiro-kun kann zwinkern, Ebihara nicht."

Um das Erscheinen des ersten Manga-Bands zu feiern, gab es eine Umfrage, welche Situationen
ihr Leser:innen gerne sehen würdet. Ich habe mir alle Vorschläge mit Vergnügen angesehen und
bin in diesem Band auf sechs Wünsche eingegangen. Vielen Dank für alle eure Beiträge!
(Die Umfrage wurde bereits beendet.)

Eigentlich wollten wir uns nur die limitierte Blue-ray-Erstausgabe ansehen ...

Leiharbeiter

Beamter →

arbeits-los

Ojindam

Von Ojindam geködert, stattete ich Tashiro-kun einen Besuch ab.

HIBBEL

HIBBEL

... doch warum in aller Welt ...

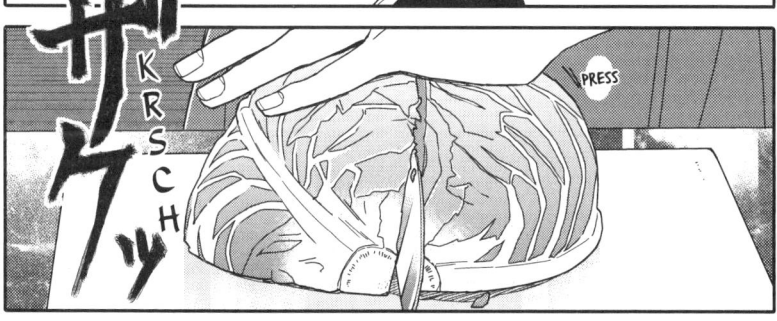

PRESS

KRSCH

... in Tashiro-kuns Küche?

Mit Schür-ze ...

KRSCH

KRSCH

... schneide ich gerade Gemüse ...

EINE STUNDE ZUVOR ...

I...

Ich wohne hier im 43. Stock ...

Wir müssen durch diese Lobby ...

...

Gläserner Panoramablick auf die Stadt

Was...?! Nein, die Wohnung gehört meinen Eltern ... Aber ich kann hier wohnen, da sie sonst niemand nutzt ...

Genau das nennt man reich!!

ZUCK

Dann bist du also wirklich reich?!

Mein Schlüssel ...

So eins

Vielleicht bekomme ich sogar einen Goldbarren zum Abschied.

Womöglich liegt ein Tigerfell auf dem Boden oder so.

Oh Mann! Bin gespannt, wie die Wohnung ist ...

...

LINS

Nichts ...

Oh ...!

KLACK

Ist was?

!

... hätte ich mir niemals träumen lassen ...

...

Dass du zu mir nach Hause kommst ...

Mein Herz rast wie wild.

O je ...

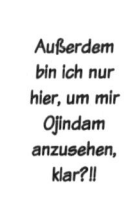

Außerdem bin ich nur hier, um mir Ojindam anzusehen, klar?!!

Einen anderen Grund gibt's nicht!!

Was ?!

Ausgerech- net du

mit deiner Kommunikations- störung sagst immer solche peinlichen Dinge ohne mit der Wimper zu zucken! Wie kann das sein?!

...!

Fuuh ...!

Fuuh ...!

KLACK

K... komm doch erst mal rein!

D...

Danke für die Einla...

ガラッ...
LEER

Oh ...! Ich hol uns was zu trinken ...!

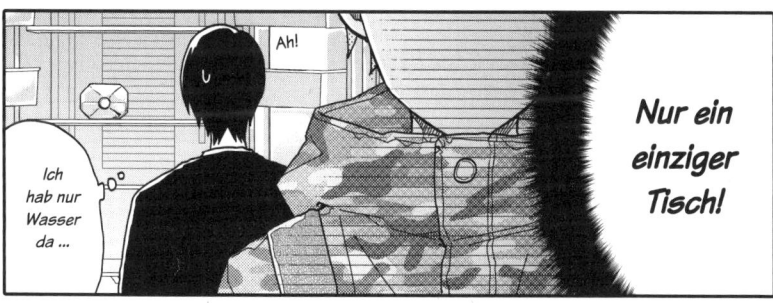

Ah!

Ich hab nur Wasser da ...

Nur ein einziger Tisch!

Ach so ... Weil ich kaum was zum Hinstellen hab ...

Was ?!

Hör mal, Tashiro-kun ... Wohnst du wirklich hier? Es wirkt so unbewohnt.

Das Kühlschrankinnere

A... aber ich kann doch gar nicht kochen ...

Was für eine Geldverschwendung! Koch gefälligst selbst!

ガラッ
LEER

Was ...?! V... von Essen aus dem Konbini und so ...

Huch! Auch der Kühlschrank ist leer!! Wovon lebst du eigentlich?!

?

Und Geld hab ich genug ...

(# Tashiro-kuns Bemerkung enthält nicht die geringste böse Absicht.)

Bestimmt hat er seit seiner Geburt in so üppigen Verhältnissen gelebt, dass ihm der Wert von selbstverdientem Geld völlig fremd ist ... Obendrein lebt er ungesund und ist eine Kommunikationsniete.

?

O je ... Ob aus diesem Jungen jemals ein anständiger Erwachsener werden kann ...?

Aber was geht mich Tashiro-kuns Schicksal an? Rein gar nichts!! Ich werde keinen Gedanken mehr daran verschwenden.

Hier ist Wasser.

Wenn so ein Kerl nach der Uni den Sprung in die Arbeitswelt macht ... Was mag dann aus ihm werden ...?

Geheim-trick

...
schmecken besonders kräftig ...

Meeresfrüchte-Cup-Nudeln gepimpt mit Mayo, Käse und Zucker ...

Ach ja ... Obwohl mein Essen aus dem Konbini kommt, habe ich verschiedene Zubereitungstricks auf Lager.

STOLZ

Ja?!

Tashiro-kun!

Ich hol den Player!

Oh! Hey! Wollten wir nicht Ojindam schauen ...?!

Lass uns vorher in den Supermarkt gehen!!!

Ich muss ihm wenigstens zeigen, was anständiges Essen ist!!

Ach so. Ich zeig dir jetzt, wie man Reis wäscht, also schau zu.

Wie?

Kann ich auch irgendetwas tun ...?

K...

Und so sind wir hier gelandet.

Also nicht.

...

Hast du schon mal beim Reiswaschen zugesehen?

Oder vielmehr, es nicht zu wissen, wird dir schaden.

So etwas zu wissen, kann nämlich nicht schaden.

58

O...

Okay ...

RUTSCH

SHHH

Oh Mann ...
Ernsthaft.
Wozu bin ich
eigentlich
hergekom-
men ...?

N... na ja,
somit rette
ich zumindest
ein Leben.

D...

Und
vielleicht wird
diese gute Tat
ja eines Tages
belohnt ...

Dein
Ärmel ...

... wird
noch
nass.

Gern ...

In
solchen
Dingen →
verpeilt.

D...

Danke
...

Vielleicht gibt's irgendwo einen gutbezahlten Aushilfsjob ...!!

... auch ich hätte gerne genug Geld, um mir die Ojindam-Blue-rays zu kaufen!!

A... aber ...

Wie?! Ähm ...

Wie sieht dieser Job aus?

... für die nächste Messe ...

Unser Leader sucht einen Verkäufer ...

U...

...

Echt jetzt?! Während der Highschool hab ich ewig hinter der Kasse eines Sushi-Lokals gestanden!! Als Aushilfe ...

Was ?!

D... du verkaufst Dojinshi ... und kümmerst dich um die Kasse ...

Ich werd ihm später schreiben.

Ob Bannai mir den Job geben wird?

ZUCK

Ist mir die Kassiererrolle so auf den Leib geschrieben ...?

Wirklich freuen tut's mich nicht.

Was ?!

BRÜLL

... gemacht, Senpai!!!

Dieser Job ist wie für dich ...

ZAPPENDUSTER

DAMPF DAMPF

Ich schreib dir das Rezept auf ...

... also versuch es das nächste Mal selbst.

Senpai hat für mich gekocht ...!

O... okay ...

KRITZEL

KRITZEL

D... danke fürs Kochen!!

Guten Hunger!

Lass uns nach dem Essen Ojindam schauen.

...

Oh ...

...?

Was ist denn diesmal?

I...
irgendwie ...

KNACK

... fühlt
es sich an,
als wären wir
verheiratet ...

Hör auf
damit!! Deine
zögerliche
Miene macht
mir Angst!

HIBBEL

HIBBEL

Iss
endlich,
verdammt
noch mal!!

Hm?

... aber
gut kochen,
Senpai.

D...

Du
kannst
...

SST

Ich koche einfach gern ...

Was heißt schon „gut"?

Es ist wahnsinnig lecker ...!!

Seitdem ich dich kenne, wollte ich von dir bekocht wer...

B... bei dieser Qualität kann man durchaus von „gut" sprechen, finde ich.

...?

Ups!

Hmm ...

Na ja ...

... glaube ich.

Über so ein Lob kann ich mich aufrichtig freuen ...

Danke dir.

...

Wie in einem teuren Restaurant.

Aber das nächtliche Panorama aus einem so hohen Gebäude ist wirklich großartig.

Senpai.

Ich bin
in dich
verliebt.

Erst
gestern hast
du dich doch
noch für dieses
Geständnis
entschuldigt!

I... ich
hatte auf
einmal den
Wunsch, es
noch einmal
zu sagen.

Wie
kommst
du jetzt
auf so
etwas?!

Wie...?!
Oh!

Ich war so
damit beschäftigt,
Tashiro-kun zu
bemuttern, dass
ich fast mein
größtes Problem
vergessen hätte.

Verdammt
...

Mein
Verhalten war viel
zu arglos ... Selbst
ein dreijähriges
Kind handelt doch
vorausschauender,
oder?

KLAPP

Fangen
wir mit
den Ex-
tras an?

K...
Klar.

Um Ojindam zu
schauen, bin ich
seelenruhig in die
Wohnung von jemandem
spaziert, der mir eine
Liebeserklärung gemacht
hat. Das ist mein
größtes Problem.

70 Zoll Fernseher →

Die Gemeinde-steuer ist zu viel hoch!

BABAMM!!

Na ja, eigentlich möchte ich bis zum Ende glauben, dass Tashiro-kun nicht wirklich etwas anstellen wird.

KRAWOMM

...!!

...

Aber warum ist Tashiro-kun ...

...

Aber was für ein Riesen-fernseher.

Hab ich irgendwas gemacht ...?

Ach was. Die Begegnung neulich war definitiv das erste Mal.

... über-haupt in mich verliebt?

Selbst ich hab mich einfach treiben lassen, bis ich in seiner Wohnung gelandet bin.

Und für eine Kommunika-tionsniete setzt er sich ziemlich gut durch.

Werden Tashiro-kun und ich dann ... ein Paar?

Was mag wohl passieren, wenn ich diesem Drängen nachgebe?

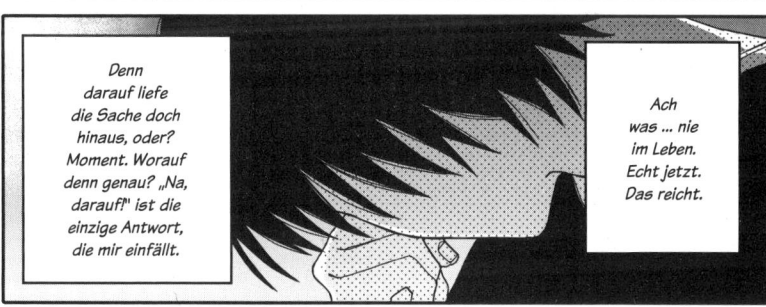

Denn darauf liefe die Sache doch hinaus, oder? Moment. Worauf denn genau? „Na, darauf!" ist die einzige Antwort, die mir einfällt.

Ach was ... nie im Leben. Echt jetzt. Das reicht.

Ja genau. Tashiro-kun drückt mich ...

Na ja, nehmen wir einmal an ...

SST

... Bo ...

... den ...

... zu ...

PLUMPS

Ta...!

Und du bist schwer ...

Hey... Jetzt sag doch was ...

...

Was machst du da ...?

...

Tashiro-kun ...?

Ich bin echt nicht hergekommen, damit du so was mit mir anstellen kannst.

Hast du nicht gehört ...?

Verdammt!

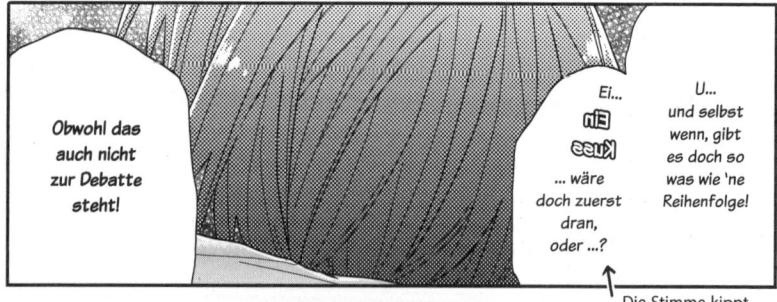

Obwohl das auch nicht zur Debatte steht!

Ei... Ein Kuss ... wäre doch zuerst dran, oder ...?

U... und selbst wenn, gibt es doch so was wie 'ne Reihenfolge!

Die Stimme kippt.

Er schläft.

Hat sich vollgefressen. ← Erschöpft vom ungewohnten Assistieren beim Kochen. ← Erschöpft vom Einkaufen. ← Erschöpft vom übermäßigen Spielen in der Spielhalle.

Mehr nicht.

CHRRR
BZZZ

HICKS

TRET

ZUCK

!!

...!!!

?!

Ah!

Verdammt, ich bin eingenickt ...

RUBB

Oh
...

So eine Szene gab's nicht!!

Was für eine krasse Wendung!! G... Graf Eitrige Parodontopathie trägt tatsächlich einen Zweikampf mit dem Drogendealer aus!!

Dann mach ich mich mal langsam auf den Weg.

Danke, dass ich mir Ojindam ansehen durfte.

Sch... schaffst du's allein nach Hause ...?

Willst du mich verarschen?

I... ist gut ...

Und die Reste vom gemischten Salat halten etwa drei bis vier Tage.

Ach ja! Die übriggebliebenen Zutaten sind in etwa eine Woche haltbar, also verkoch sie so schnell wie möglich.

Ach so ...!

Also dann ... Huch? Wo sind denn meine Schuhe?

Ich hab sie in den Schuhschrank geräumt ...

Was ?!

Du hast sie extra weg...

... ge...

...
stellt
...

Waaaaas
?!!

Aaargh
!!!

BATSCH

...?

...?

Ich
hab mich
erschreckt
und auto-
matisch ...

Oh...!
D...

Das
tut mir
leid!!!

Oh!
Hier deine
Schuhe ...

?!

Vergiss
nicht, wo dein
Platz ist!!

WATSCH

Was
fällt dir ein,
deinen Senpai
zu schlagen,
verdammt
noch mal?!!

Ah!

Argh! Du bringst mich echt auf die Palme!! Tschüss!!

Was willst du?!

Sen...!

Ja ja! Mach einfach! Ist mir egal!

... das Essen von heute nachzu-kochen ...!!

... um ...

Ich ...

I...

... werde mein Bestes geben ...

Und dann ...

...

...

U...

...

!

Wenn du's hinbe-kommst!

Hab ich mich gerade ...

...?

I...

Ich geb mein Bestes!!

... dazu verabredet, schon wieder hierher zu kommen ...?

Kapitel 3 / END

TASHIRO, WARUM BIST DU SO?

„Tashiro-kun beschützt Ebihara-kun vor herabfallenden Gegenständen, indem er sich über ihn beugt und schließt ihn anschließend in die Arme."

Ich muss wirklich nur drei Stunden lang Mangas verkaufen, damit du mir zehntausend Yen gibst?!*

Kein Scheiß?!

*Ca. 65€

Und wegen ...

Das geht absolut in Ordnung! Ich bin dabei!

Die Fahrt kostet doch nur um die tausend Yen.

Ach ja ... Ist es okay, wenn die Fahrtkosten inklusive sind?

Aber das ist dein erstes Mal im Verkauf. Sich um die Kundschaft zu kümmern, ist ganz schön kraftraubend!

Drei Stunden sind nur ein Richtwert ...

Dann komm doch erst mal mit zum Manga-Klub. Wir müssen zuerst deine Maße abchecken.

Also ...

10.000 Yen x 30 Tage ...!

So ein Verkäuferjob ist schon klasse! Den würde ich auch täglich machen! Gibt es so was nicht für jeden Tag?!

Hä? Maße?

Hey!

↑
Er heißt übrigens „Shikaku.*"

Ach so! Als ich ihn fragte, war er einverstanden.

In Kapitel 4 wird **Marus** Name `of fenbart.`
←

Wir halten es so, dass sich die Verkäufer unseres Klubs jedes Mal verkleiden ... Hey, Maru! Was hat die andere Person gesagt?

* „Maru" bedeutet „Kreis", „Shikaku" bedeutet „Viereck"

Wenn ich in diesem Aufzug herumlaufen muss, bin ich aus der Sache ...

Kurze Auszeit, Leute!!

Und ich dachte, er hielte mich einfach nur für einen guten Kassierer.

dieser Kerl
↓

... ge-macht, Senpai!!

Dieser Job ist wie für dich ...

Aber Moment ... Dieser Kerl sagte doch ...

Für wen hält mich diese verfluchte Kommunika-tionsniete eigentlich?

Was zum Teufel wollte er damit sagen ...? Dass ich nur existiere, um in solchen Klamotten herumzulaufen ...?

Hall...

ガラッ
RATTER

Hey! Du!

DREH

Hey, Tashiro-kun! Du bist spät dran.

...?!

...!

Kasumi-cha...

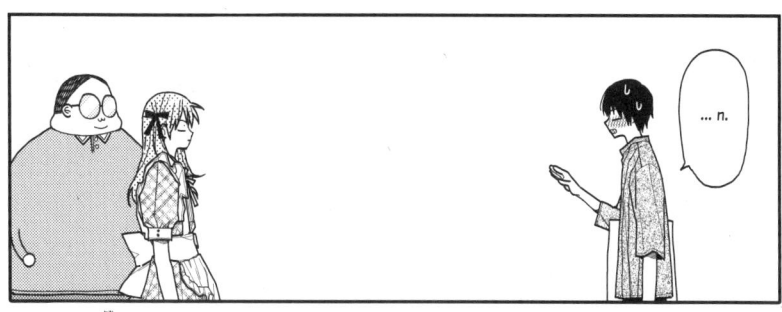

... n.

Kein Wunder, dass das auch Tashiro-kuns erster Gedanke ist. Diese Ähnlichkeit!

Jetzt noch das Make-up, und du bist Kasumi-chan wie sie leibt und lebt.

POCH

POCH

S...

W a a a a s ?!

Sen-pai ...

Nein.

Was?! Und übernimmst du jetzt den Job?

SLIP

...

Mir reicht's für heute.

... dir total ... g...!

... d ...

Ähm ...

POCH

POCH

POCH

POCH

D...

Das steht ...

SWUPP SWUPP

THUNDER

... total
gut!!

... total
...

WOMM

... to
...

...
total
...

Stirb
!!

ZACK

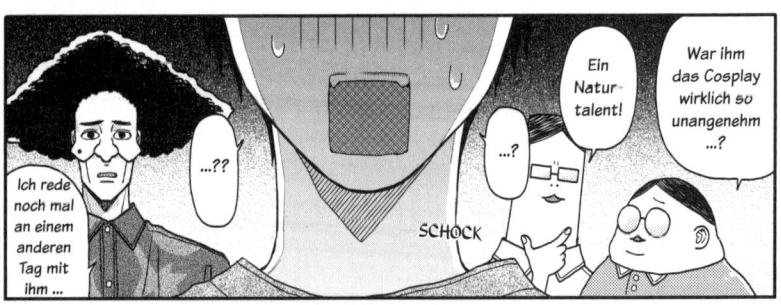

Ein
Natur-
talent!

War ihm
das Cosplay
wirklich so
unangenehm
...?

...?

...??

Ich rede
noch mal
an einem
anderen
Tag mit
ihm ...

SCHOCK

Auf diese Weise lässt sich ganz einfach erklären, weshalb er problemlos tief und fest schlafen konnte, obwohl wir zu zweit waren, oder dass er mir prompt eine gescheuert hat, als es fast zu einem Kuss gekommen ist.

... ist er doch nur in mich verliebt, weil ich diesem Chara ähnlich sehe ...

Nicht zu fassen ...! Trotz all dem Gerede ...

Wäre er wirklich in mich verliebt, würde er nie im Leben einschlafen, wenn wir nur zu zweit sind, und er hätte auch versucht mich zu küssen, oder?

Schließlich ist er nicht in mich, sondern in denjenigen verliebt, der diesem Chara ähnlich sieht.

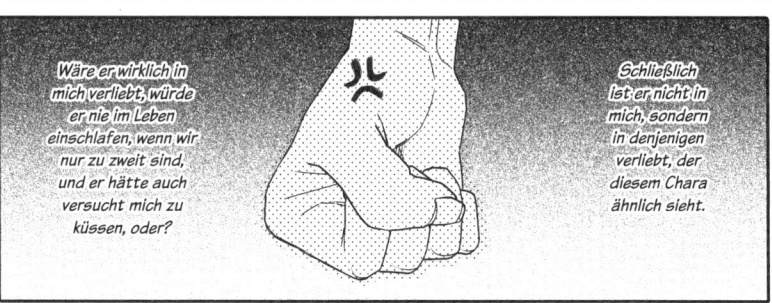

Er hat die ganze Zeit so verliebt getan, aber eigentlich wollte er nichts weiter, als diesen Chara in mir zu sehen, oder? Da wäre jeder unangenehm berührt!!

Ich bin einfach nur sauer!

Warum klinge ich so, als wäre ich ganz versessen darauf?! Das bin ich nämlich nicht!!

Was?!

... ist mir das so was von absolut egal!!!!

Aber im Grunde ...

LÄRM

LÄRM

TAGS DARAUF ...

Oh ...

Gern ...

Magst du dich zu uns setzen?

Hey, Tashiro-kun! Du isst ebenfalls in der Mensa?

H...

Hal! ...

HAMM HAMM

TAPP TAPP

KABONK

Was ist denn mit dem los?

か゛ーン・・・

SCHOCK

Ich möchte nie wieder mit Tashiro-kun sprechen und ihn sehen auch nicht.

Je länger ich darüber nachdenke, desto mehr regt es mich auf.

Sieht nicht so aus.

Sagt nichts. (Ignorier)

Bist du heute im Manga-Klub?!

TSCHACKA TSCHACKA

SST

Sen ...!

Hört nichts. (Ignorier)

Sieht nichts. (Ignorier)

H...

Hallo Senpai.

NACH EINER FEST-GEFAH-RENEN WOCHE ...

Senpai !!

い っ

GRABB

...

Was
willst
du?

Ähm
...

... hab ich noch nicht ganz durchschaut.

D... Das mit dem Kochen ...

... wieder besuchen und es mir zeigen?!

Würdest du mich ...

Guck doch online nach ...

STAPF

STAPF

Ebihara!

Warum denn nicht? Die Klamotten standen dir ziemlich gut, und du bist bestimmt ein toller Kundenmagnet. Du kriegst das hin.

Ich hab doch schon Nein gesagt.

Dann denkst du darüber nach, den Verkaufsjob zu übernehmen?

Nicht wirklich ...

Bist du wirklich so sauer, dass wir dich in dieses Kostüm gesteckt haben?

Warum bist du in letzter Zeit so gereizt?

Hab ich dadurch irgendeinen Vorteil ...?

Was soll ich hinkriegen ...?

Was ist los? Habt ihr euch gestritten?

Tashiro-kun ist am Boden zerstört, weil du ihm so offensichtlich aus dem Weg gehst.

94

Nein!

Ebihara.

Was sagst du dazu?

+ 2 macht

Die Fahrtkosten gibt's extra und zwanzig-tausend Yen obendrauf.

Na?

... dreißig-tausend Yen.

Macht insge-samt ...

3 Stunden Arbeit = 10.000 Yen Stundenlohn

Oder?

Plus Yaki-niku

...

Nach dem Event laden wir dich auch zum Yakiniku ein.

95

Aber vor Tashiro-kun trage ich diese Klamotten auf keinen Fall ...

... Na schön ...

MANGA-FORSCHUNGSKLUP(B)

...?

...

Bitte bleib so für einen Moment.

Sorry, Tashiro-kun ... Aber unser kostbarer Verkaufsmagnet hat darum gebeten ...

Wieso muss ich das tragen ...?

Ä... Ähm ...

FUNNY

Eine Augenbinde als schlichte (bescheuerte) Lösung.

↑ Beim Anpassen der Größe

I...

Ist gut ...

GEKNICKT

...

Hey, Maru! Du musst doch noch das Kostüm für den anderen schneidern, oder? Wenn er noch auf dem Campus ist, könnten wir doch gleich seine Maße nehmen.

Okay!

Sitzt perfekt!

Stimmt! Warum eigentlich nicht.

In meinem Fachbereich sieht keiner so gut aus wie er.

Gut! Lass uns gemeinsam nach ihm Ausschau halten.

Ich weiß noch nicht, wie er aussieht.

Vielleicht komme ich mit. Dann kann ich mich bei ihm bedanken und mich vorstellen.

Triffst du dich gleich mit ihm?

Hey!

Was?!

RATTER

Dann lassen wir euch beide kurz allein.

KLACK

Der Perverse

als Frau verkleidet →

mit → Augenbinde

Was ist denn das für eine Situation?

98

SCHRECK

S...
Senpai
...

... ich
...

... dich schon wieder irgendwie verärgert ...?

H...
Hab
...
... i...

Und ...

Ähm
...

...

... aber verstehe nicht, wieso ...

I...
Ich hab die ganze Zeit gegrübelt ...

!!

... für immer bleiben.

...
So kann es auch ...

...!

RUTSCH

Du regst mich echt auf!! Warum zum Teufel muss ich mich von jemandem wie dir benutzen lassen?!

Du magst dieses Weib, weil es mir ähnlichsieht, hast du behauptet, aber in Wirklichkeit ist es umgekehrt, nicht wahr?!

Was ...?!

Du nervst!! Frag doch deine geliebte Kasumi-chan, du Mistkerl!!!

Dein erstes Wort bei meinem Anblick war „Kasumi-chan"!!

Bestimmt warst du nur scharf auf den Anblick dieser Frau mit mir als Mittel zum Zweck!!

Wa...

Und warum hast du mir von diesem Verkäuferjob erzählt, obwohl du wusstest, dass ich diese Klamotten tragen muss?!

Du bist derjenige, in den ich verliebt bin, sagte ich doch!!

A... aber was redest du da?!

Und was genau stimmt daran nicht?!

Was soll das heißen? Das stimmt doch gar nicht!!

... beim Cosplayen sehen, Senpai!

Ich wollte dich einfach nur ...

W...

Warum fragst du nicht nach ...

... bevor du einfach festlegst, was ich fühle?

völlig geschockt

... als du mich die ganze Zeit über ignoriert hast ...

Ich war wirklich todtraurig ...

Doch bestimmt nur, weil ich mich nicht als dieses Weib verkleidet hatte und ...

U...

Und weshalb hast du dich gewehrt, als wir uns neulich im Flur fast geküsst hätten?

Was ...?

...

Du wolltest von mir geküsst werden, Senpai ...?

...

Ich war nur bereit, äußerste Nachsicht walten zu lassen!!!

A a a a r g h !

A... aber so hat es sich angehört...

Ganz bestimmt nicht, du Blödmann!!!

Ich finde dich nicht abstoßend oder so, und wenn es durch einen Unfall zu einem Kuss gekommen wäre, hätte es mir nichts ausgemacht, wollte ich sagen!!

Im Ausland küsst man sich doch auch zur Begrüßung! Und in diesem Sinne hätte ich einem Kuss keine allzu große Bedeutung beigemessen!!

Halt die Klappe!

Aber wir sind hier in Japan!!

... Sache im Flur hier und jetzt nachholen?

... dio ...

... d ...

... dann ...

D... Darf ich ...

GRABB

Es gibt kein
nächstes Mal,
du Blödmann!!

Oh ...

...

Ich geh nach Hause!!

Senpai.

Ah!

Erst, wenn ich hier raus bin! Sonst mach ich dich kalt!!

I...

Ich würde gerne die Augenbinde abnehmen ...

...

BLUSH

Se...

ZACK

Was
für ...

... ein
Gesicht
Senpai wohl
gemacht
hat ...?

Ups!

Was?

Hey!
Ebihara
...

Willst
du etwa
in diesem
Aufzug
nach Hause
gehen?

FUNNY

Kapitel 4 / END

TASHIRO, WARUM BIST DU SO?

Fanwünsche zur Feier von Band 1

„Tashiro-kun in einem Kleid"

KAPITEL 5

EINE GEWISSE EVENTHALLE ...

Dieser verdammte Otaku-Verein!

Dabei bin ich doch nur hier, weil es hieß, ich könnte haufenweise süße Cosplayerinnen sehen.

KLACK

カッ

FREU

FREU

FREU

カッ

KLACK

FREU

Ist das etwa ein Cosplay von Riho Takatsuki?

FREU

Aber rechts ...

... und links ...

カッ

KLACK

RAUN

Kyaah ...

カッ

KLACK

KLACK

カッ

KLACK

KLACK

カッ

... hinter mir und vor mir ...

カッ

KLACK

112

Panel 1:

LÄRM

LÄRM

Ist er etwa abgesprungen?

Er schrieb, er wäre vorhin angekommen und gleich Richtung Umkleide gegangen.

Bald kommen die Besucher, aber Sega-kun lässt sich noch immer nicht blicken ...

2-Stände großer Wandplatz

LÄRM

fine

Panel 2:

Hm?

Kyaah! Kyaah!

Selbst den unbeugsamen Charakter ahmt er zu hundert Prozent nach.

Rückt mir nicht so auf die Pelle!!

Waah!

Waah!

Wie das Original!

Panel 3:

Sega-kun! Da bist du ja endlich! Das Kostüm steht dir ausgezeichnet!

Waah! Waah!

Beschimpf uns!

Den mach ich kalt!

SCHAUDER

Wer hat mir gerade an den Arsch gefasst?!

Waah! Waah! Waah!

Panel 4:

Nichts als seltsame Typen, die hier rumlaufen ...

Hey!

Was ?!

→ schüchtern →

fine

Mir reicht's! Ich verschwinde!!

Hey! Ihr habt mir etwas völlig anderes erzählt!

Waah! Waah!

HAST

KEEP OUT

Ich hab noch einen Stuhl besorgt ...

Ah!
Danke dir, Ebihara.

Ich stell ihn hier hin.

Du willst schon gehen, Handsome-kun? Dabei stehen dir die Sachen ausgezeichnet ...

Was?!

Ich bleibe.

...

Hallo ...

Das ist Sega-kun, der heute mit anpackt.

H... Hallo.

Na, so ein Glück! Oh! Tashiro-kun! Ebihara! Ihr kennt euch noch nicht, oder?

Du bist Ebihara-san?

Na ja, weil es so am besten passt ...?

Moment mal! Warum trägt er ein ganz normales Männerkostüm?!

Es freut mich, einem Mädchen wie dir zu begegnen.

Trotz deiner tiefen Stimme.

Wie süß ...

SST

Würdest du diese Mohnblume annehmen?

Das ist ein ...

Zur Feier unseres Kennen- lernens ...

... habe ich ein Geschenk für dich.

Sega- kun ...

Seine Hände

KYAAA

... „das Vorgefühl auf Liebe" ...

In der Blumensprache steht sie für ...

Nein danke ... Ich leide unter Heuschnupfen.

Hey! Meine Mohnblume!!

Damit könnten wir unseren Stand schmücken.

SCHWITZ

SCHWITZ

Vorgefühl auf Liebe ...?

SWUPP ZUCK

Hey! Fass mich nicht urplötzlich an!

ZURR

SST

Oh nein, Handsome-kun! Dein Kostüm sitzt nicht richtig!!

Ach Mensch! Warum habe ich dir nicht gleich beim Anziehen geholfen?!

HIBBEL

HIBBEL

PATT PATT

Du bringst unseren Stand so richtig zum Strahlen.

Aber wir sind echt froh, dass du uns heute hilfst, Sega-kun.

Vielen Dank.

Ist ja nicht so, als wäre ich deinetwegen hier!

GRUMPF

...

Hä?

Vielleicht fällt es ihm schwer, sich mit anderen Männern zu unterhalten ...

Dabei sieht er so freundlich aus ...

Ist er jetzt arrogant, affektiert oder ein Tsundere?

Ich finde es noch immer schwierig, den Charakter von Handsome-kun richtig einzuordnen ...

Du darfst mir auf keinen Fall von der Seite weichen! Ich werde dich vor diesen Typen beschützen!!

SCHWITZ
SCHWITZ

Tashiro

DRÜCK

Obwohl ich ein Kerl bin, hat selbst mir jemand an den Arsch gefasst.

Kein Mann würde nicht auf dumme Gedanken kommen beim Anblick eines so süßen Mädchens in einem so süßen Outfit ...

Oh! Viel wichtiger ist doch, ob dich irgendwelche komischen Typen belästigt haben, Ebihara-san!

TRAPP
TRAPP
TRAPP
TRAPP
TRAPP
TRAPP

Bitte nicht rennen!

Hmpf! Die Schlacht beginnt!

KLATSCH
KLATSCH
KLATSCH

Aaaaaah!

Hör mal, Sega-kun. ist ein ...

HIERMIT IST DAS EVENT ERÖFFNET!!

Du störst!

Ich muss zu ihr!

Dreißigtausend Yen!

Yup!

Ebihara! Sega-kun! Immer schön die Kunden anlächeln. Und ich organisiere die Schlange.

fine

Mohnblume   Mit Tesa befestigt.

Hm?! Äh ...

Ich sorge für Nachschub ... oder mache alles ... was mir aufgetragen ... wird.

Und was machst du, Tashiro-kun?

119

Verstehe ...

Seit diesem Vorfall ...

... sind zwei Wochen vergangen.

Aber eigentlich kann ich mich ganz normal mit Tashiro-kun unterhalten, als wäre nichts passiert ...

...

... glaube ich zumindest.

... s ...

... sondern als du selbst, Senpai ...

... okay?

Ich sehe dich nicht als Kasumi-chan ...

K...

Keine Sorge.

Hä ...?

...

Das weiß ich selbst!!

...?

SCHWITZ

SCHWITZ

War bereits so frei, ihr einen Spitznamen zu verpassen.

... so vertraut mit Ebi-chan ...?

Was redet dieser verdächtige Typ ...

GROLL

TUMMEL

TUMMEL

LÄRM

LÄRM

MURMEL

Macht dreitausend Yen.

Eins, zwei ...

MURMEL

MURMEL

MURMEL

Zwei Exemplare der Neuerscheinung ...

Einmal die Neuerscheinung.

MURMEL

... und jeweils ein Exemplar der bisherigen Bände.

WUWUWUWUWUWUPP

FLUPP

FLUPP

FLUPP

SWUWUWUWUWUPP

WUWUWUWUWUPP

WUWUWUWUWUPP

Bitte sehr!

Bitte sehr!

Bitte sehr!

Bitte sehr!

FLUPP

FLUPP

FLUPP

Bitte sehr!

Einmal die Neuerscheinung.

Bitte sehr!

Bitte sehr!

BLITZ

124

Dann fang ich schon mal an, den Stand abzuräumen.

I... ich helfe dir ...!

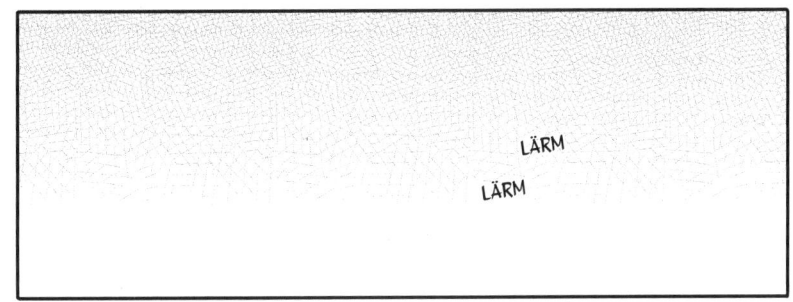

LÄRM

LÄRM

Ganz hinten soll es einen Müllplatz geben ...

Boah!

TUSCHEL

Seht doch! Ist diese Kasumi-chan nicht süß?

...

126

Ein Graf Eitrige Parodontopathie-Cosplay!

Wie?!

Schau mal!! Da hinten!!

?!

Ahl Was?!

ぎょっ SCHRECK

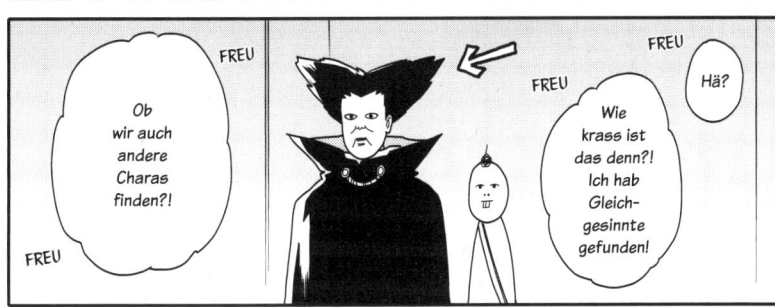

Ob wir auch andere Charas finden?!

FREU

FREU

FREU

FREU

Wie krass ist das denn?! Ich hab Gleich-gesinnte gefunden!

Hä?

Vielleicht ist einer hier ...

Stimmt ...

Ich möchte auch den Kurz-Nägel-Eremiten sehen!

Hallo? Entschul-digung?!

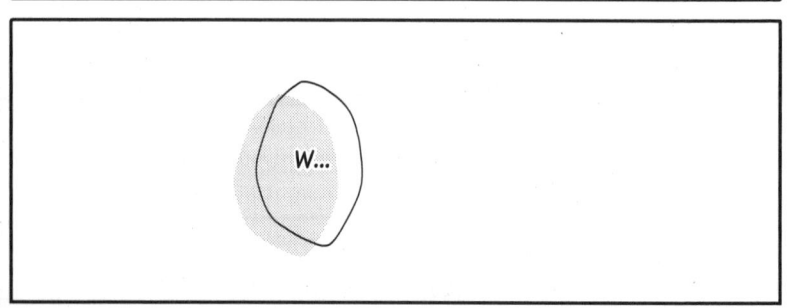

Würdet
ihr
bitte ...

... eure
Hände von
meinem
Senpai
nehmen ...?!

BAFF

K...

Komm, wir ge-hen ...

Hä?!

SCHUBS

Hey!

D... das hab ich doch gar nicht!! Obwohl du wie ein Mädchen aussiehst ...

Ups!

Warum behandelst du mich wie eine Frau?!

Vielen Dank dafür!!!

D... du hast doch in der Klemme gesteckt, und ich hab versucht zu helfen ...!!

Du verdammter Mistkerl bringst mich echt zur Weiß-glut!!

...

... ist knallrot im Gesicht.

Sen-pai ...

Ob er auch neulich ...

...

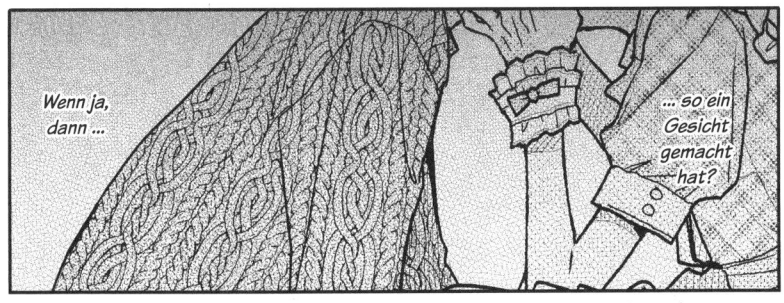

Wenn ja, dann ...

... so 'ein Gesicht gemacht hat?

Was willst du?!

S...

Senpai.

... würde ich dich beim Küssen gerne an- schauen ...

D...

Das nächste mal ...

QUETSCH

I... ich hab's nicht vergessen ...

Ich sagte doch ...

... es gibt kein nächstes Mal. Schon vergessen?

... wenn du im Gegensatz zu mir alles sehen durftest ...

... a...

... aber es ist doch ungerecht ...

Uh!

Werd bloß nicht frech, Freund-chen!!!

Als ob ich irgendeinen Vorteil dadurch gehabt hätte!!

Was heißt hier ungerecht?!!

Hä?!

... mich neulich dann geküsst, Senpai ...?!

... hast du ...

A...

Aber weshalb ...

Aber dann hab ich's selbst in die Hand genommen, weil mich dein Herumgeeiere so verrückt gemacht hat!

... hat sich so entwickelt, dass ich es dir ein einziges Mal erlauben wollte.

Die Situa-tion ...

Was zum Teufel willst du damit andeuten?!!

Häää ?!?!

Das ist doch kein Grund, um jemanden zu küssen!!

Es hat mich verrückt gemacht, sagte ich doch!!

Mein Zögern war doch ...

... noch lange kein Grund, um es selbst zu machen!!

Das ist doch der Punkt!

... Hoff-
nungen
gemacht!

Damit
hast du
mir ...

Nicht
mehr und
nicht
weniger.

... sind
einfach nur
Kommilito-
nen, die auf
dieselbe Uni
gehen.

...

Wir
beide ...

SCHRUMPEL

Hör auf damit!!!

Du bist echt hübsch, Handsome-kun!

Lasst mich zu Ebi-chan!

KNIPS

KNIPS

KNIPS

TASHIRO, WARUM BIST DU SO?

TASHIRO,
WARUM
BIST DU
SO?

KAPITEL 6

MANGA-FORSCHUNGSKLUP(B)

Oh! Hallo, Handsome-kun!

Hast du dir tatsächlich die Mühe gemacht, das Kostüm zur Reinigung zu bringen?!

...

Das wäre doch gar nicht nötig gewesen!

TAPP
TAPP
TAPP
TAPP

Dieses lange Tutorial nervt.

Hey, Bannai! Kann ich diese App endlich löschen?

Online Game

Ach ja! Möchtest du einen Tee?

Die Kämpfe sind so kompliziert, dass ich überhaupt keine Lust hab.

...

Mach doch wenigstens das Tutorial fertig. Danach findest du vielleicht Spaß daran.

...

...

Im August steht das nächste Event an ... Bist du wieder dabei?

POCH

... POCH

LOVE REVI 21

Hey, Sega-kun! Danke für neulich!

Wieso ...

...

W...

BRÜLL...

SCHRECK

Wieso bist du verdammt noch mal ein Kerl?!!

140

Knappe Rückschau

141

KABONK

Hm?

...!

Tashiro-kun?

TACK

TACK

Bis
dann!

Ich wusste doch, dass die Welt beschissen ist.

Oh Mann!

Mir reicht's.

Hey! Da bist du ja!

Sega!

Ich möchte unbedingt, dass Rina-chan kommt ...!

Ist das die Kleine, die du schon die ganze Zeit über so süß findest?

Für nächsten Samstag planen wir ein Gokon, und vielleicht hast du ja auch Lust! Wenn du dabei bist, beißen die Mädels viel besser an.

Komm schon, Sega!

Wenn du am Samstag nicht kannst, richten wir uns gerne nach dir!

Dann hättet ihr doch von Anfang an keine Chance, oder?

Ganz genau! Die Mädels sind auch viel besser drauf, wenn du dabei bist!!

Hä? Soll ich etwa als Köder für irgendwelche Mädchen herhalten?

Was gibt's da zu lachen?

Oh ...! Ha ha ha! Was du nicht sagst!!

Ihr seid doch diejenigen, über die man später lachen wird.

Ich hab doch nichts Komisches gesagt.

Sorry,
Sega!

K... komm,
wir gehen.

Er ist
nämlich
...

Ich hab dir
doch gesagt,
dass du den
vergessen
sollst.

Verstehe
...

... voll der
unangenehme
Kerl ...

Ich hab doch nur die Wahrheit gesagt.

Was ist deren Problem?

Hah.

SWUPP

ZUCK

Wah !!!

Tut mir leid ...

T...

Was zum Teufel willst du?! Schleich dich nicht so an!!

Hast du eben zugehört?

...

Ähm ...

Ä...

Und?

Willst du was von mir?

...

Oh ...

Beim Verlassen des Events hat mir ein Teilnehmer diesen Brief für dich mitgegeben ...

... und ich hab ihn so lange aufbewahrt.

Hier ...

T... tja ...

Keine Ahnung ...

Vielleicht ... wegen deines tollen Cosplays ...?

Hä?

Hä? Warum sollte mir jemand einen Brief schreiben?

Tut mir leid ...

D... Dann hab ich immer wieder den Moment verpasst, ihn dir zu geben ...

Es weckt unangenehme Erinnerungen!!

Und wärst du so gut, das Wort „Cosplay" nicht mehr zu verwenden?

Kein Bedarf. Wirf ihn einfach weg.

?!

Wie ?!

Was ?!

ZUCK

G r r r !

→ Hat sich erinnert.

Warum zum Henker hat Ebihara Frauenkleider getragen?!

psychisch labil

Wie ?!

DRÄNG

Während des gesamten Events habt ihr so vertraut miteinander geredet!!

Und in welcher Beziehung stehst du überhaupt zu ihm?

Hey, Tashiro-kun!

... nur ...

... mein ...

... Senpai.

E...

Er ist ...

Oh!

Was?!

Bis dann!

Was?!

Ich fühl mich nicht so gut und bin schon mal weg.

ZUCK

Ich werd mich zu Hause einfach ins Bett legen.

Oh!

Hast du schon was genommen?!

H...

わた HIEBEL

わた HIEBEL

B...

Bist du okay ...?!

Bitte warte hier!! Ich geh sie schnell holen!

Schon gut, ich geh nach Hause und leg mich hin.

I... in meiner Tasche hab ich Kopf- schmerz- tabletten dabei!!

Es geht wirklich ganz schnell!!

TApp

TApp

TApp

TApp

TApp

149

NERV

So einen Winzling von Kerl hab ich tatsächlich süß ...

Argh ... Sein erneuter Anblick bringt mich schon wieder auf Hundertachzig ...

DÖS

STARR

Ah ... Sorry. Mir ist nur ein bisschen schwindlig.

...

Hey! Was ist los?

!

... gefun...

KAUER

Ob ich anämisch bin?

Was für ein Ärger ...

Los! Lehn dich an!!

...! Ach verdammt!!

Dann beug dich gefälligst nicht nach vorn!

Wie ...?

Ach so ... Nicht nötig.

Soll ich dich auf die Krankenstation bringen?

Das ist ein bisschen besser.

Ah ...

Puuh ...

Es geht schon, wenn ich so bleibe.

Aber
vielleicht
sollte ich
ein bisschen
schlafen.

Nicht, dass
ich auf dem
Heimweg wieder
schlappmache.

Was war das ... eben ...?

...

Was ...?

...

Du machst mich irgend- wie ...

...

... an ...

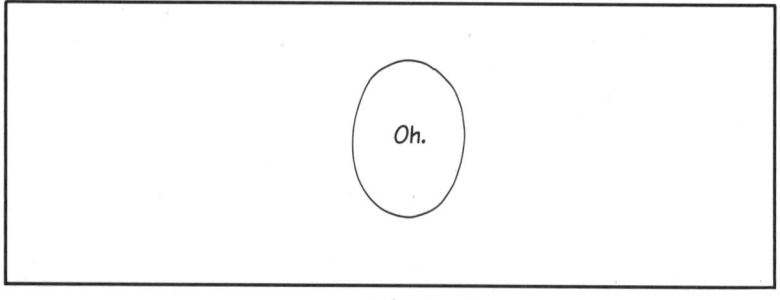

Oh.

Kapitel 6 / END

TASHIRO,
WARUM
BIST DU
SO?

„Ebihara und Tashiro im Beinahe-Partnerlook"

KAPITEL 7

... an mein Studentenleben gehabt.

Und treten einem coolen Klub bei.

Nach der Jungs-High-school macht schon die Anwesenheit von Mädchen einen Riesenunterschied.

Ob wir auf der Uni haufenweise Gokons besuchen werden?

Wenn ich so zurückdenke, habe ich wahnsinnig hohe Erwartungen ...

BANNAI UND EBIHARA IM FRÜHLING MIT ACHTZEHN

Und da ich meine Zeit nur mit Bannai verbrachte, schloss ich auch keine neuen Freundschaften.

Hey, Bannai! Hast du davon den nächsten Band?

Aber als es dann so weit war, hing ich nur im Manga-Klub rum und tat nichts anderes, als Mangas zu lesen.

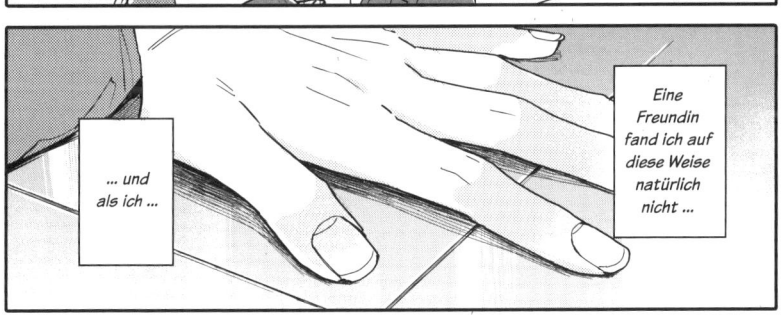

... und als ich ...

Eine Freundin fand ich auf diese Weise natürlich nicht ...

Oh.

... wieder zu mir kam, hatte ich binnen kürzester Zeit zwei Typen geküsst.

Was in aller Welt war bloß los mit meinem Studentenleben?

Ich kann mir in etwa vorstellen, was du gerade denkst ...

... aber es ist alles ganz anders.

...

Hey.

...

Bist du irre?!!

Warum musst du dich vor ihm rechtfertigen?! Ist da tatsächlich etwas zwischen euch?!

Was?!

Zwischen diesem Kerl und mir läuft nämlich nichts!!

Danach war ich so scharf, dass ich dich geküsst hab.

Na ja ... Mir ist es nur zum zweiten Mal klargeworden, dass das Innere der süßen Kasumi-chan ebenfalls süß ist ...

Wie du zu diesem Schluss kommst, ist mir echt ein Rätsel!!

KRRRSCH

Und was ist überhaupt in *dich* gefahren?! Ich bring ich um!!

Ebi!

Komm, gehen wir!

Ach ja, ach ja! Danke für die Tabletten, Tashiro-kun! Ich geh doch lieber zurück in den Manga-Klub, um mich noch ein bisschen hinzulegen.

Und dich bring ich um, wenn du mir folgst!!

... gekümmert hast.

Aber danke, dass du dich um mich ...

...

Hey, Ebih-
ara.

Wahr-
scheinlich ...
ist genau
das der
Grund.

Hä?

...

Ein
Manga-
Arbeitscamp!

TAGS
DA-
RAUF
...

Aber das klingt doch irgendwie nett.

Auf die geteilte Verzweiflung kann ich verzichten ...

Wenn wir alle zusammen ...

... am Manga für die Comiket*arbeiten, ist es doch nicht so einsam! So können wir auch die Verzweiflung beim Anblick der noch unfertigen Seiten teilen!

*Größte Dojinshi-Messe Japans. Der Name kommt von Comic Market.

Nicht wahr? Mal sehen, ob wir etwas Geeignetes finden.

Du hast recht. In den Sommerferien steht außer der Comiket sowieso nichts an.

... und nehmen uns irgendeine Pension am Meer oder so! Dann hätten wir auch ein bisschen Urlaub.

Nicht wahr? Nutzen wir doch die Sommerferien ...

Kommst du mit zum Arbeitscamp des Manga-Klubs?!

Und du, Tashiro-kun?

Was ist los, Tashiro-kun ...? Du bist ja noch blasser als sonst ... Um nicht zu sagen totenblass.

Hat dich die Hitze geschafft?

N... nein ...

Bei der Gelegenheit könntest du doch auch mal ein Exemplar ...

Wie
...?!

I...

Ans
Meer
...?

Hast du
irgendeine
Idee, wo wir
hinfahren
könnten?
Etwas mit
Meerblick
wäre schön.

...

Was?!

Zwei
Nächte mit
Privatstrand
für umsonst?!

Und ob ich Zeit hab! Ich bin dabei!! Vielmehr wüsste ich keinen Grund, um nicht mitzufahren.

Magst du mitfahren? Im Sommer hattest du doch immer viel Zeit.

Mit ein bisschen Urlaub.

Wir wollten ein Arbeits-Camp für unseren nächsten Band abhalten.

Ist ja krass! Wie kommt ihr darauf?!

Na ja, Tashiro-kuns Familie ...

Aber hast du irgendwelche Beziehungen spielen lassen? Hast du reiche Bekannte oder so?

Nach allem, was er so erzählt hat, ist seine Familie stinkreich.

... besitzt wohl haufenweise Ferienhäuser!! Das hat mich echt umgehauen.

Tja, was für eine Überraschung! Er benimmt sich doch gar nicht wie so ein reicher Schnösel.

... und er sagte, wir könnten dort unterkommen.

So eine Neuigkeit haut einen echt um, nicht wahr?! Dieses Ferienhaus wird wohl kaum genutzt ...

War im Bilde.

Oh ...

Ach so ...

Was
?!

Wenn du mit-
kommst, lass
dich demnächst
im Manga-Klub
blicken. Heute
gibt's nämlich
eine Vorbespre-
chung und so.

Oh ...

NEU IM SORTIMENT!
POYOPOYO OJINDAM

OJINDAM

HELLI-NEAR

MEISTER
BLUTHOCHDRUCK

GRAF EITRIGE
PARODONTOPATHIE

KURZ-NÄGEL-EREMIT

GLATZENDAM

★ WUNDERBAR GRIFFIG!
WEN IHR DAMIT BEWERFT, WIRD EUCH HASSEN.

1 BOX FÜR 3.000 YEN

Ob
Senpai so
einen haben
möchte?

Neue
Ojindam-
Artikel!

Ob dieser Kerl ...

Er ist halt süß ...

... und außerdem super nett.

... ebenfalls in Senpai verliebt ist?

I... ist ja nicht so, als würde irgendetwas zwischen uns laufen ... und ich habe keinen Grund, mich zu beschweren ...

A...a... aber ist Senpai wirklich so drauf, dass er sich von jedem k... küssen lässt?!

A...

Aber ...

...

Hey!
Wenn das
nicht dieser
ominöse
Typ ist?

Danke
für die
Demütigung
gestern.

PLUMPS

Ah ...

Was?!

Du bist tatsächlich in Ebihara verliebt, oder?

Hey!

Wie?!

Zu...!

Wie weit seid ihr schon gegangen? Zusammen seid ihr nicht, oder?

W... was willst du auf einmal von mir ...?

... genauso gerne wissen, was dein Verhältnis zu Senpai ist ...

Ich würde ...

I...

Ich ...

Red schon!!! Bist du jetzt in ihn verliebt oder nicht?! Na, los!!

Uuh.

PACK

Antworte gefälligst nicht mit einer Gegenfrage! Ich hab als Erster gefragt!!

I....

QUETSCH

...

Ich bin in ihn verliebt ...

A...

Auf welche Weise?

Hmmm ...

Und? Auf welche Weise bist du es?

... und wenn ich könnte, würde ich ihn gerne berühren, so sehr stehe ich auf ihn.

Was?

Bei mir ist es so ...

... dass er mich total heiß macht ...

Hä? Was heißt schon einvernehmlich?! Natürlich muss man ihn dazu bringen, auch Bock zu haben!

Aber ...

D...d...d... das darfst du aber nur, wenn's einvernehmlich ist!!

Mo...mo... mo...mo... moment, nicht so schnell!

... nahe komme ...

Na ja, ein trauriger Otaku wie du wird wohl kaum bei ihm landen können.

ZERR

!

ZUCK

Wie findest du es?

... und dich berühre ...

Wenn ich dir auf diese Weise ...

Warte ...

Ähm ...

Kriegst du da nicht auch Herzklopfen?

RAUN

Wir sind nicht allein ...

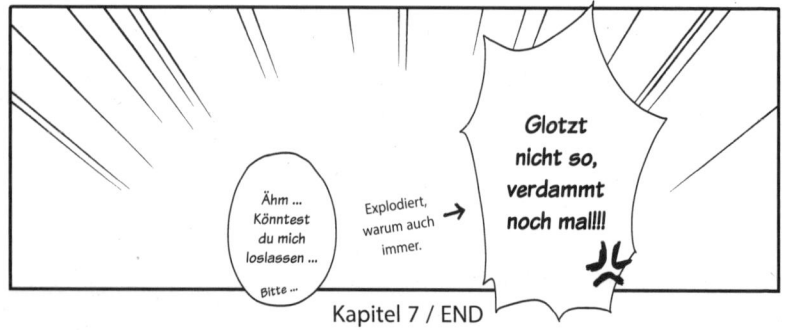

Ähm ...
Könntest du mich
loslassen ...

Bitte ...

Explodiert, warum auch immer. →

Glotzt nicht so, verdammt noch mal!!!

Kapitel 7 / END

TASHIRO, WARUM BIST DU SO?

„Tashiro-kun und Handsome-kun haben ihre Körper getauscht"

KAPITEL 8

ACHTUNG, DER ZUG FÄHRT EIN!

DER SUPER VIEW ODORIKO 1 ...

... NACH IZUKYU-SHIMODA!

1 NICHT RESERVIERT
Non reserved

VIELEN DANK

Ernsthafte Frage. Was macht er hier?

BITTE HALTEN SIE IHR SCHNELL-ZUGTICKET BEREIT ...

Und in einer großen Gruppe macht so eine Reise doch viel mehr Spaß, findest du nicht auch?!

... und als ich ihn als Zeichenassistenten anheuern wollte, war er einverstanden.

Handsome-kun will uns auch bei der Comiket als Verkäufer aushelfen ...

... für die Einladung.

...

Nichts zu danken ...

TSCHICK

...

Vielen Dank ...

Wenn du siehst, wie die Oberflächen ausgemalt sind oder welche Rasterfolien wir benutzen, fällt die Arbeit leichter.

Hier, Handsome-kun! Benutz unseren neusten Band als Anschauungsmaterial! Für deine Arbeit als Zeichenassistent!

Hä? Ich brauch kein Anschauungsmaterial!

Hast du mir nicht zugehört?!

174

Ah
...!

Hey!
Wie
unan-
stän-
dig!

Wer
tut sich
schon
freiwillig
so ein
Machwerk
für
Otakus a...

Bitte
sehr!

...

...

Gib
her ...

Ach
komm!
Das
musst
du nicht
so eng
sehen!

Ich
dachte,
ihr wollt
arbeiten!

Morgen soll
auch ganz in
der Nähe ein
Sommerfest
stattfinden!

Nein ...

Is was?

...

!

SCHRECK

„Bei mir ist es so ..."

„Wenn ich könnte, würde ich ihn gerne berühren, so sehr stehe ich auf ihn."

Darum
...

... geht's
mir doch
gar nicht ...

Wie viele
Federspit-
zen haben
wir dabei?

Gibst
du mir ein
Papier-
tuch?

Eine
Rasterfolie
mit Gradient
ist hier doch
besser als
Ausmalen,
oder?

Dieses Manuskript ist von unserem Leader.

Danke dir.

Hier. Fertig!

Hey!

Wer von euch denkt sich eigentlich diese Geschichte aus ...?

...

STARR

Hast du etwas gefunden, was du zeichnen möchtest, Handsome-kun?

Dabei ist es natürlich wichtig, die Vorlage zu respektieren.

Der wahre Reiz eines Dojinshi besteht darin, seine Lieblingscharas in unendlich vielen Situationen darstellen zu können, in denen du sie sehen willst.

Solange du es selber zeichnest!

Verstehe ...

Auf diese Weise kannst du dir alles anschauen, worauf du stehst.

Wenn wir hier fertig sind.

?

Starr mich nicht so an!

Hey! Bring mir das Zeichnen bei!

178

Danke dir, Tashiro-kun!

Hier sind Getränke ...

Ähm ...

... und hole gleich die Geräte und Zutaten.

Ihr könnt euch ruhig auf die Arbeit konzentrieren ...

Ich habe bereits ein Barbecue organisiert ...

Ach so.

Was wollen wir eigentlich zu Mittag essen?

Wo sind die Sachen? Kann ich dir helfen?

Ein Barbecue?!!

Was ?!

Nichts da, Handsome-kun! Du bist doch noch gar nicht mit dem Ausmalen fertig!!

Hä? Wenn Ebihara geht, gehe ich auch!!

Spurt den Blick in seinem Rücken →

Los, Handsome-kun! Diese Stellen musst du noch machen ...

...

BIIII...

STARR

„Wenn du mir zuvorkommst, verpass ich dir eine" Gesicht

Ach so ... i... in den letzten Jahren gar nicht ... so dass ich es vor unserer Ankunft hab reinigen lassen ...

Ach so.

ZIIIERP

ZIRP

ZIRP

Wie?!

ZIIIERP

ZIIIERP

Wie oft wird dieses Ferienhaus eigentlich genutzt?

ZIIIERP

ZIRP

ZIRP

Irgendwie schade.

ZIIIERP

ZIIIERP

180

ZⅢERP

ZⅢERP

ZⅢERP

ZⅢERP

ZⅢERP

ZⅢERP

ZIRP

ZIRP

ZⅢERP

So
schön, wie
es hier
ist.

ZIRP

ZⅢERP

ZIRP

ZⅢERP

ZⅢERP

...

ZⅢERP

ZⅢERP

Du kannst
es jederzeit
nutzen ...

D...

... herkom-
men willst,
Senpai.

... wenn
du mal ...

... w...

Nichts
zu dan-
ken ...

Oh ...

D...

Danke.

ZIIIERP

ZIIIERP

ZIIIERP

ZIIIERP

ZIRP

ZIIIERP

ZIIIERP

182

Aber
hör mal!!

A...

Wegen
neulich ...

RUTSCH

!

Senpai!

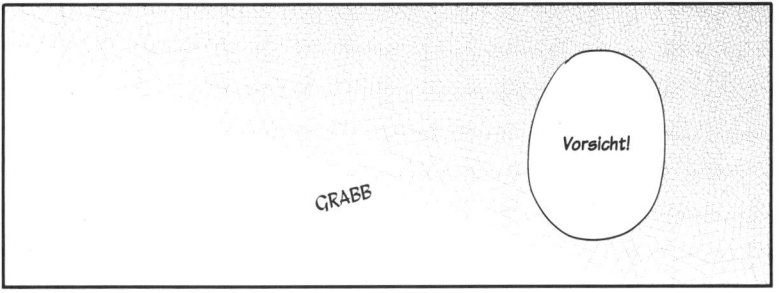

Vorsicht!

GRABB

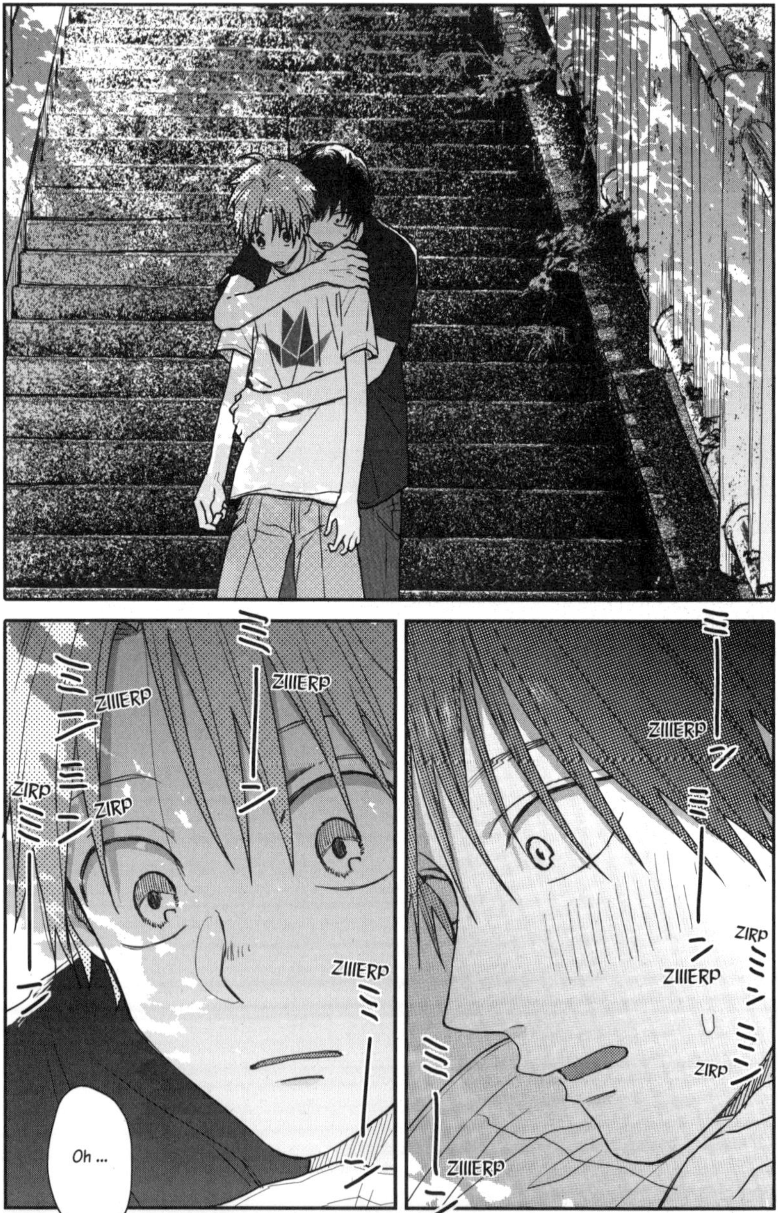

ZIIIERP

ZIRP

ZIRP

ZIIIERP

ZIIIERP

Oh ...

ZIIIERP

ZIRP

ZIIIERP

ZIRP

ZIIIERP

TASHIRO,
WARUM
BIST DU
SO?

Fanwünsche zur Feier von Band 1

„Tashiro-kun und sein Senpai beim PoXky-Game"

KAPITEL 9

„Bei mir ist es so ..."

„... dass er mich total heiß macht ..."

„... bist du es?"

„Auf welche Weise ..."

„... und wenn ich könnte, würde ich ihn gerne berühren, so sehr stehe ich auf ihn."

... Ver- dammt ...

W a a a a h ?!!!!

Du bist so was von tot ...

DOMM

Nein! Darum geht's mir wirklich nicht!!!

A r g h !

Falls doch, wärst du völlig durchgeknallt!!

SWUPP

Es war definitiv keine Absicht ...!!

E...

Es tut mir leid!!!

H...h...h... hast du dich auch nicht verletzt ...?!

H...

Hör mal, Tashiro-kun ...

...

VORSICHT ZAUN NICHT BERÜHREN!

Was ?!

Dass du mich abwehrst, ist bei dir ein Reflex, nicht wahr?

... verletzt mich das ganz schön.

Ehrlich gesagt ...

Gerade hätte ich mir gewünscht, ganz normal von dir festgehalten zu werden!

... und dann ist es ...

... pas-siert ...

... wenn ich dich zu sehr berühre ...

D... du verstehst das falsch!! I...i... ich dachte nur, es wäre dir unange-nehm ...

Und so ichbezogen und ungerecht bin ich auch, dass ich dir aus so einem Unfall einen Strick drehen würde.

Wie schon gesagt ...

Ich habe rein gar nichts gegen dich!

Und deswegen bin ich wohl kaum in der Position, so herumzumeckern ...

... dass auch ich dich irgendwie zurückgestoßen oder auf eine ähnliche Art behandelt habe.

... könnte es sein ...

...

Aber trotzdem ...

...

Tut mir leid.

Verschone mich mit einem „nächsten Mal"!

Das nächste Mal versuche ich, dich nicht runterzustoßen!!!!

N... nein ...!!

Das hast du nicht ...!

Trotz-
dem
danke
...

Obwohl
du mich
runter-
gestoßen
hast.

...

Jetzt
lass uns
endlich
gehen.

N...

Nichts
zu dan-
ken ...

192

Ja, haben wir!

Habt ihr genug Eis, Maru?

ZISCH

Das riecht wahnsinnig gut!!

Hoffentlich ist es gleich so weit!

...

... geht mir alles Mögliche durch den Kopf.

... von neulich ...

Nach seinen Worten ...

... aber dass er mich hasst, möchte ich genauso wenig.

Es ist nicht so, als würde ich mir nichts aus meiner Beziehung zu Senpai erhoffen ...

Ich ...

Und darauf muss ich mich konzentrieren, statt mir irgendwelche unnötigen Gedanken zu machen!!! Genau!!!

Hier kommen die Getränke!!

SCHÜTTEL

SCHÜTTEL

Jetzt bin ich hier für ein Camp mit unserem Klub!!

Stopp!!

... die geblümten mit Limo.

Die einfarbigen Becher sind mit Alkohol ...

Oh! Ja!!

Ist das mit Alkohol?

voll einfarbig

GLUCK GLUCK GLUCK GLUCK GLUCK

Konzentration!!!

Tashiro-kun darf auf keinen Fall den falschen Becher ne...

BZZZ

Wir behalten ihn einfach im Auge, während er schläft.

Zumindest atmet er wieder normal ...

Kommt Tashiro-kun wieder in Ordnung ...?

Tut mir leid. Ich hätte nicht alle Getränke zusammen bringen sollen ...

BZZZ

Er ist selbst schuld, wenn er nicht vorher abcheckt, was er in sich reinkippt.

Pah!

Vielleicht wusste er Bescheid und hat es trotzdem geext. So was verdient kein Mitleid!!

Normalerweise merkt man doch sofort, ob ein Getränk Alkohol enthält.

SCHOCK

Du bist echt das Letzte.

... und unser eigentliches Ziel ins Auge fassen: Die Arbeit am Manuskript.

Lasst uns erst mal aufräumen ...

SCHAB
SCHAB

SCHAB

SCHAB

SCHAB

Hey, Handsome-kun! So eine bedrohliche Rasterfolie passt nicht zu diesem Hintergrund.

Hast du gehört?

„Ich dachte nur ..."

„... berühre ..."

„... es wäre dir unangenehm, wenn ich dich zu sehr ..."

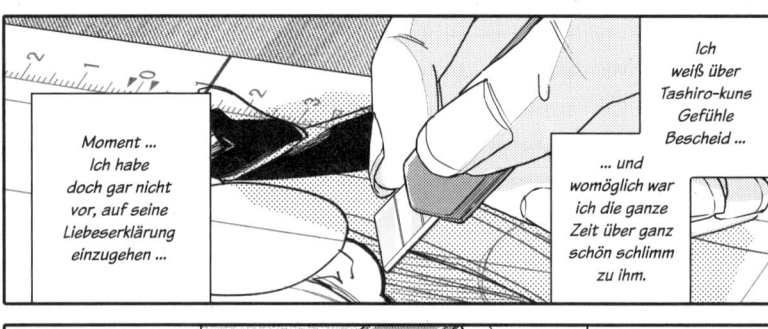

Moment ... Ich habe doch gar nicht vor, auf seine Liebeserklärung einzugehen ...

Ich weiß über Tashiro-kuns Gefühle Bescheid ...

... und womöglich war ich die ganze Zeit über ganz schön schlimm zu ihm.

... also behandle ich ihn einfach ganz normal ...

Aber das bedeutet nicht, dass ich ihn nicht mögen würde ...

Könnte
es sein ...

...

... überlegen
fühle?

... dass
ich mich auf-
grund seiner
unerwiderten
Gefühle ...

Hey, Hand-
some-kun!
Nicht die
Rasterfolie
mit dem
Schnur-
muster!

Was
?!

Ich gehe
mal nach
Tashiro-kun
schauen.

KABONK

Hab
ich dich
geweckt?

Oh
...
Ent-
schul-
dige.

KRUSCHEL

Nimm die
Decke doch
runter, wenn
dir heiß ist.

Ächz ...!

Huch!
Du bist ja
komplett
nassge-
schwitzt!

Bist du noch immer betrunken?

HAH...

...?

RUBB

So!

Hm?

Was hast du?

Hm ...

Aber
so nass-
geschwitzt
wie du bist,
solltest du
lieber die
Klamotten
wechs...!

...

Tashiro-kun
ist umgekippt!!!
Und ich kümmere
mich nur um ihn!!
Mehr nicht!!!

Moment!

Warum
habe ich
gerade
gezögert?!

...

Ich
zieh dich
jetzt
aus.

204

PLUMPS

SWUPP

Hey ...! Argh! Nicht so nah! Du stinkst nach Alkohol!!

Hey! Was soll das?

Runter von mir, verdammt!!

Tashi...

Senpai ...

Mal ehrlich. Die Rasterfolie ...

... möchte man doch lieber mit der Schere schneiden, oder?

Hä?! Eine Schere ist doch scharf!!!

Keine Ahnung!!

Ist er etwa der Typ, der sich im betrunkenen Zustand danebenbenimmt?!!

Halt die Klappe! Runter von mir!!

DRÜÜÜCK

Wozu sind Scheren überhaupt da?!

Geh einfach nur runter von mir!! Es reicht!!

Bist du es wirklich, Senpai?

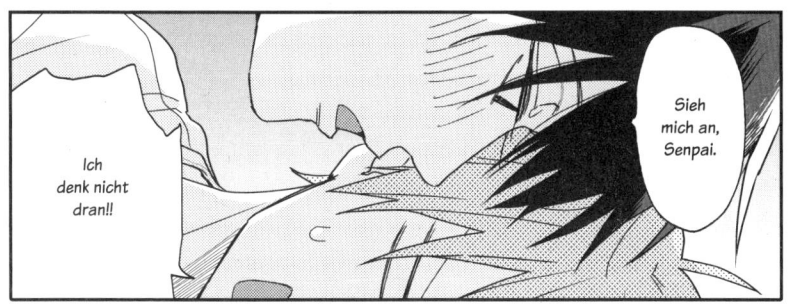

Sieh mich an, Senpai.

Ich denk nicht dran!!

Senpai.

Verdammt.

Ni...!

ZERR

!

... überkam mich der Gedanke, ich könnte die ganze Zeit über gemein zu Tashiro-kun gewesen sein ...

Erst eben ...

Ich mein's ernst.

SWUPP

Warte.

Wieso „ver-dammt"?

... und wegen dieser Gefühle ...

Senpai.

... fällt es mir schwer, ihn richtig in die Schranken zu weisen.

Sag mal, Senpai!

W...

Was ist ...?

Hey ...

Ah!

SWUFF

ZUCK

Hey ...

Tashiro-kun ...

Warte ...

Halt die Klappe!

Es ist süß, dass du immer so rot wirst, Senpai ...

Im Ernst.

...

Warte ...!

Uh!

SCHRECK

Senpai ...

Hä ...?

... hinzunehmen?

Ich mag es ...

... dass du so nett bist, Senpai.

Aber ...

Gerade bin ich dabei, über dich herzufallen.

... was ist mit deiner Einstellung, alles als eine Art „Unfall" ...

... wenn wir es ebenfalls zu einem Unfall erklären?

Würdest du es zulassen ...

Wie fühlst du dich, Tashiro-kun?

Aaah !!!

KRAWUMM

RÖCHEL!

SST

Weil er so schön weich ist!!!!

Warum sitzt du auf seinem Futon?

Der Kerl ist einfach nur besoffen!!

Er ist völlig okay!!

„... wenn wir es ebenfalls zu einem Unfall erklären?"

„Würdest du es zulassen ..."

POCH

POCH

POCH

POCH

Ehrlich gesagt ...

... hätte ich es nicht geschafft, Nein zu sagen.

TASHIRO, WARUM BIST DU SO?

SENPAI, WARUM BIST DU SO?

SCHRECK

ゴ゛ッ
DONK

Argh!

Bei einge-schlafenen Füßen musst du die Zehen nach hinten ziehen, hab ich gehört.

Hä? Wie jetzt? Was muss ich tun?

Hau ruck!

Mein Fuß ist eingeschlafen, weil ich in einer komischen Position ge-sessen hab ...

Und beim Versuch aufzustehen, war er so taub, dass ich hingefal-len bin.

W...

Warum ... liegst du auf dem Boden ...?

Uuuh ...

Ah ha ha ha ha!

Halt! Stopp! Vergiss es!

Das zieht wie irre!!!

Uuuh! Uh! Uh! Uh!

ゾ゛ッ
ZUCK

Uha!

I...

Ich glaube, so ...

DRÜCK

Bei mir ziept's gerade, also vergiss diesen Trick!!

Ha ha ha ha ha!

Es gibt doch zwei Arten von eingeschlafenen Füßen: Kribbeln und Ziepen.

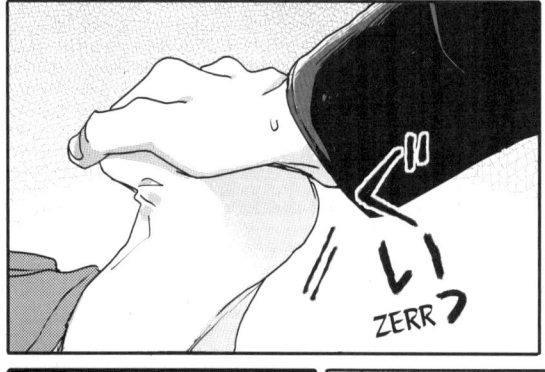

ZERR

A...

Stimmt. Auch wieder wahr ...

Aber solltest du den Fuß nicht so schnell wie möglich in den Griff bekommen?

ZUCK

Hmuh ...!

218

SACHT

...

だら
...
SCHWITZ

SCHRECK

Etwas sanfter, verdammt noch mal!!

Wie?! Oh! Tut mir leid.

Auch langsam ist es ein bisschen heftig ...

Hm ...!

Hah ...

Sorry ... Tashiro-kun.

Geht's doch fester?

Also mach einfach!!

Wie?! O... okay ...

Hä?! Du selbst hast mir doch diese Methode empfohlen!

... meine unanständigen Gedanken ...

Bitte entschuldige ...

Ich bin derjenige, der nicht mehr kann ...

Senpai ...

Ich ... hör jetzt auf ...

ZUCK

Hm!

Hmuh.

ZUCK

Fuh ...

Hi hi ...

Er hat keine Ahnung ...

... was er bei mir auslöst ...

Ah!

Tashiro-kun ...

T...

Nicht
diese
Stelle
...

Was
ist
das?

Nimm mich
nicht so hart
ran, Senpai!

Hä?

ENDE

TASHIRO,
WARUM
BIST DU
SO?

NACHWORT

HALLO! FREUT MICH, EUCH KENNENZULERNEN. ICH HEISSE YAMADA.

DIESMAL BEKAM ICH DIE MÖGLICHKEIT, EUCH MEINEN ERSTEN BOYS-LOVE-MANGA ZU PRÄSENTIEREN. EIN HERZLICHES DANKESCHÖN AN ALLE BETEILIGTEN UND AN EUCH, DIE IHR DIESEN MANGA ZUR HAND GENOMMEN HABT. WÄHREND DER FORTSETZUNG HÖRTE ICH IMMER WIEDER DEN SATZ „NORMALERWEISE LESE ICH KEIN BOYS LOVE, ABER TASHIRO SCHON", WAS MICH WIRKLICH GEFREUT HAT.

VIELLEICHT GIBT ES VIELE ELEMENTE, DIE NICHT IN EINEN BOYS LOVE PASSEN, ABER ICH BIN EINFACH NUR AUFRICHTIG FROH, DASS DIESES WERK BEI SO VIELEN MENSCHEN ANGEKOMMEN IST.

WIRKLICH, WIRKLICH VIELEN DANK AN MEINE:N REDAKTEUR:IN, WELCHE:R MICH IMMER UNTERSTÜTZT, UND AN MEINE LESER:INNEN. AUCH IN ZUKUNFT WERDE ICH MEIN BESTES GEBEN. BITTE BLEIBT DOCH WEITERHIN DABEI.

FEBRUAR, 2018 YAMADA

SUTOPPU!

Koko wa kono manga no owari dayo.
Hantaigawa kara yomihajimete ne!
Dewa omatase shimashita!
Tanoshii hitotoki wo dozo!

Egmont-Manga-Chiimu

STOPP!

Das ist der Schluss des Mangas.
Fangt bitte am anderen Ende an!
Und nun genug der Vorrede,
viel Spaß beim Lesen!

Euer Egmont-Manga-Team

www.egmont-manga.de
Unsere Bücher findest du im
Buch- und Fachhandel und auf

www.egmont-shop.de

„Tashiro, warum bist du so?" von Yamada
Aus dem Japanischen von Melania Schmitz
Originaltitel: „TASHIRO-KUN, KIMITTE YATSUWA."

Originalausgabe:
TASHIRO-KUN, KIMITTE YATSUWA. Vol. 1
© Yamada 2018
Originally published in Japan in 2018 by
Libre Inc., Tokyo.
German translation rights arranged with Libre Inc.,
Tokyo, through TOHAN CORPORATION, Tokyo.

Original Cover Design: Aya Sekine (kawatanidesign)

Deutschsprachige Ausgabe:
© 2024 Egmont Manga verlegt durch
Egmont Verlagsgesellschaften mbH
Ritterstraße 26, 10969 Berlin

1. Auflage 2024
Verantwortliche Redakteurin: Manuela Rudolph
Korrektorat: Angelika Friesen
Covergestaltung: Wolfgang Schütte
Koordination: Angelika Schönhuber
Printed in the EU
ISBN 978-3-7555-0469-6

story house
EGMONT

Die Egmont Verlagsgesellschaften gehören als Teil der Egmont-Gruppe zur
Egmont Foundation – einer gemeinnützigen Stiftung, deren Ziel es ist, die sozialen,
kulturellen und gesundheitlichen Lebensumstände von Kindern und Jugendlichen zu
verbessern. Weitere ausführliche Informationen zur Egmont Foundation unter
www.egmont.com